GEORGES DUHAMEL

DE L'ACADÉMIE FRANÇAISE

DEUX HOMMES

Deux vrais amis vivoient au Monomotapa.

LA FONTAINE.

Cinquante-cinquième édition

PARIS
MERCVRE DE FRANCE
XXVI, RVE DE CONDÉ, XXVI
MCMXLVII

DEUX HOMMES

OUVRAGES DE GEORGES DUHAMEL

GEORGES DUHAMEL

DE L'ACADÉMIE FRANÇAISE

DEUX HOMMES

Deux vrais amis vivoient au Monomotapa.

LA FONTAINE.

PARIS
MERCVRE DE FRANCE
XXVI, RVE DE CONDÉ, XXVI
MCMXLVII

IL A ÉTÉ TIRÉ :

99 exemplaires sur hollande van Gelder
numérotés à la presse de 1 à 99.

195 exemplaires sur vergé d'Arches
numérotés à la presse de 100 à 294.

La première édition a été tirée sur papier
vergé pur fil Lafuma, savoir :

1075 exemplaires numérotés de 295 à 1369.

25 exemplaires (hors commerce) marqués,
à la presse, de A à Z.

LA place du Panthéon est, en décembre, un des lieux les plus froids du vieux continent.

Le voyageur qui, vers la dixième heure du soir, gravit la montagne Sainte-Geneviève par le versant nord chemine d'abord à l'abri des bourrasques, comme l'alpiniste au fond d'une gorge caverneuse. Un sang vif et brûlant réconforte ses muscles irrités par la pente. Ses pieds foulent avec résolution le pavé, onctueux d'une fange qui sent le harnais, l'homme et le poisson frit. Des boutiques opprimées, la lumière sourd comme un jus. La joie des bals-musettes écume dans les corridors des bouges et vient refluer jusque sur la chaussée. Une tiédeur bestiale suinte des masures où sommeille une copieuse populace. La passion des hommes entassés brûle de toute part et fait oublier l'hiver.

Et, soudain, tout change. Tel est Paris. La rue, l'étroite voie capillaire, se dilate, se précipite et

s'anéantit comme un ruisseau côtier dans l'océan
noir. Une ombre monumentale tombe du ciel où
l'œil patient reconstruit petit à petit l'église
Saint-Etienne-du-Mont. Semé de lumières parci-
monieuses, un désert s'ouvre devant les pas du
voyageur. C'est la place du Panthéon, où les
vents sont rois. Le voyageur frissonne, noue son
foulard et boutonne son paletot.

Dévié dans sa course et déjà furieux, le vent
du Nord-Ouest arrive par la rue Soufflot. L'espace libre l'intimide tout d'abord, puis l'affole.
Que faire ? Que renverser ? Que détruire ? Le
vent s'élance contre l'édifice central échoué là
comme une arche sur les sommets. Peine perdue.
Déchiré dans son milieu, le vent file à droite et à
gauche, submerge en passant deux bronzes soucieux qui regardent, d'âge en âge, monter vers
eux d'illustres dépouilles ; puis, sifflant, hoque-
tant, il rase le visage contracté des bâtisses, se
déchire aux grilles, fait gémir les bouches
d'égout, s'use les griffes aux trottoirs polis, crache
des gouttes de pluie aux vitres des réverbères,
s'arrête une seconde, anxieusement, à l'orifice de
la rue Clovis, s'oriente tout à coup, découvre la
tour Henri IV, l'empoigne, l'enlace, l'escalade et
se perd en hurlant dans un ciel lie de vin, dans
un ciel hanté de fumées, de nuages, d'étoiles et
de lumières boréales.

Pendant les accalmies, on entend distincte-
ment, tout autour de la colline, bruire quatre

millions d'êtres qui travaillent, mangent, dor-
ment, se querellent et s'accouplent.

Avec les pieds qui se hâtent, les reins lassés
mais vigilants, l'estomac qui réclame des aliments, la langue qui tournoie dans sa prison,
le cerveau pesant et gorgé de suc, avec toutes les
pièces de la machine, un homme sent et pense
en une minute, plus de choses que le sage n'en
saurait exprimer en une saison. Comme il débou-
chait sur la place du Panthéon, Edouard pensait
sûrement à l'ignoble ruelle en pente, au froid
saisissant, aux quatre millions d'âmes vautrées,
aux monuments impassibles dans l'ombre, à
certain bec de gaz éteint par la tempête ; il
pensait à toutes ces choses et à mille autres
encore, mais il ne savait pas qu'il y pensait.

Il boutonna son paletot en jurant : « Bougre ! »
Et, comme la parole étouffe l'âme, un monde
gonflé d'images s'évanouit aussitôt dans les
ténèbres.

Edouard fit le point et prit ses repères. Enfin,
incliné comme une barque à pleines voiles, il
s'élança dans l'espace vide.

La place semblait abandonnée des hommes. Le
vent du Nord-Ouest éprouva comme une injure
personnelle l'intrusion d'Edouard dans son
domaine. Il cessa donc les jeux hardis auxquels il
se livrait sous le péristyle du Panthéon et, d'un
bond, se jeta sur l'homme.

Edouard était vigoureux et résolu. Il dit une

fois encore : « Bougre ! » et fit tête à l'ennemi.
En vue de la rue Valette il fut même saisi du
désir narquois d'allumer une cigarette à la barbe
du démon. Il y parvint et s'en réjouit. Puis, serrant de près le piédestal de Corneille, il prit des
mesures pour contourner la grille du monument
central.

Il s'aperçut alors qu'une autre forme humaine,
issue, semblait-il, de la rue Soufflot, venait à sa
rencontre. Quelque chose qui n'était pas le cerveau d'Edouard l'avertit qu'il allait passer à
proximité d'une femme. Il n'y prit pas garde et
fit encore deux ou trois pas, en proie à l'unique
souci de conserver son chapeau sur sa tête.

La passante ne semblait pas vouloir éviter le
jeune homme. Elle vint presque droit sur lui et,
s'arrêtant soudain, s'écria : « Edouard ! »

La voix musicale, rieuse, relevée d'un léger
accent méridional parut à Edouard tout à fait
inconnue. Pourtant, à s'entendre appeler par son
prénom, il eut un haut-le-corps et répondit pru-
demment : « Qu'est-ce que c'est ? »

La passante s'était encore approchée. La lueur
d'un réverbère tombait d'aplomb sur son visage
fouaillé de boucles noires et surmonté d'un béret
de loutre. Edouard fit de ses souvenirs, un examen énergique et précis ; nul doute le visage lui
demeurait tout aussi étranger que la voix. La
femme était petite, mince, vêtue avec cette
élégance plaisante des Parisiennes pauvres.

— Edouard, dit-elle, comme tu es en retard !

— C'est vrai, reconnut Edouard.

Il restait immobile, livré à l'étonnement et à la perplexité. Son prénom lui semblait commun mais non répandu. Quant à cette femme, il était bien sûr de ne l'avoir jamais vue. Comme il avait des ancêtres normands, il dit encore, sans se compromettre :

— Oui ! Je ne suis pas en avance.

— Tant pis ! répliqua la jeune femme.

Et elle ajouta tout de suite :

— Eh bien, embrasse-moi !

Interloqué mais docile, Edouard baisa une joue fraîche, toute savonnée de vent.

— Ah ! mieux que ça ! mieux que ça ! s'écria l'inconnue en riant.

Edouard fit connaissance avec une haleine agréable qui sentait le gingembre ou la bergamote. Il hésita un tiers de seconde entre ces deux parfums et, son odorat de chimiste ne souffrant pas le doute, il prit un second baiser pour éclaircir son jugement.

— C'est la bergamote, murmura-t-il.

— Oh ! vilain, répondit la jeune femme, tu le sais bien.

Elle avait saisi le bras de l'homme et, sans transition, poursuivit :

— Maintenant, en route !

— En route ! répéta placidement Edouard.

Ils firent quelques pas en silence, suffoqués par

une reprise du vent. Edouard tâchait à rallier
ses idées que l'événement et la tempête conspi-
raient à dissoudre. La femme qui trottait et
bondissait à son côté n'était assurément pas une
dame de la rue. D'ailleurs, ne l'avait-elle pas
interpellé par son nom ? Edouard était célibataire, et raisonnable sans rigueur. Il pouvait
retrouver, bien rangées dans sa mémoire, un
petit nombre d'aventures dont aucune ne ressemblait à l'étonnante poupée qui lui donnait le bras
et qui, soudain, se reprit à parler.

— Edouard, dit-elle, dépêchons-nous de rentrer, car il ne fait pas chaud.

— Nous rentrons, répondit Edouard cherchant
toujours ses mots avec sagacité. Nous rentrons,
nous ne faisons que ça.

Ils atteignaient la mairie du cinquième arron-
dissement. Deux minutes s'étaient passées depuis
qu'Edouard, uniquement soucieux de la tornade,
s'était jeté à travers la place du Panthéon, comme
le bon nageur dans un fleuve glacial. Il quittait
maintenant la place, une femme au bras. Il ne
songeait plus au vent. Une autre force s'était
emparée de lui, contre laquelle il ne cherchait
point à lutter. Nourri de logique, il gardait pourtant un goût secret pour le mystère. Enfin, il se
répétait un mot, le mot historique de cette
soirée : « On verra ça tout à l'heure. »

Aussi bien le mystère offrait-il un aspect bénin.
La jeune femme s'était mise à babiller. De temps

en temps, elle s'arrêtait et, se jetant devant
Edouard, s'écriait :

— Allons ! Embrasse ta Clémentine.

Il apprit ainsi qu'elle s'appelait Clémentine.
Il apprit aussi d'autres choses, mais aucune qui
lui parût propre à le renseigner sur le sens et la
raison des faits dont il se trouvait l'acteur béné-
vole.

Ils avaient, devisant et riant, suivi la rue Saint-
Jacques et atteint le boulevard de Port-Royal.
Edouard compta de l'œil les réverbères, découvrit la tache vert sombre d'une fruiterie qui
marquait le bas de sa maison et songea : « Il
est temps de s'expliquer. » Une fois encore, il
différa l'instant critique : « On verra ça tout à
l'heure. »

Ils avancèrent donc. La jeune femme gazouil-
lait sans trêve ; Edouard en était abasourdi.
Longeant les maisons, il passa trois, puis quatre
réverbères, s'arrêta machinalement et murmura :
« Nous y sommes. » Sa compagne répondit, dans
un souffle : « Ah, oui ! » Il y eut un silence, bref
mais grave, et Edouard tira la sonnette en déci-
dant : « On verra ça là-haut. »

La porte jouait sur ses gonds. Edouard fit un
pas dans le noir, saisit la jeune femme par la
main et prononça d'une voix forte : « Loisel »,
jetant ce nom, comme une obole, à d'obscures
puissances endormies.

Il monta dans l'ombre épaisse, serrant trop

fort, entre ses doigts, une main menue et gantée
de fil, remuant soudain un monde de pensées
dont certaines étaient informes et colorées d'inquiétude, d'autres précises, hardies, séduisantes.
Au troisième étage, il s'arrêta un moment : il
venait de songer qu'une de ses chaussettes était
trouée. Il repartit en concluant : « On verra
bien ! » ce qui lui parut, cette fois, absurde mais
amusant et faillit le faire rire. La jeune femme
avait cessé son babil ; elle serrait plus fort et
comme avec émotion les robustes doigts
d'Edouard. Elle respirait précipitamment ; il
sembla même à Edouard percevoir le rythme
d'un cœur anxieux. Il dit tout à coup :

— Je vais ouvrir.

Elle répondit d'une voix qui tremblait un
peu :

— C'est ça.

Il ouvrit. L'haleine d'un logement de garçon
les accueillit aussitôt : tabac, poussière, cendre
refroidie. Edouard fit flamber une allumette et,
traversant l'entrée en trois pas, se trouva dans
la chambre. Elle donnait sur le boulevard. Des
lueurs venues de maisons lointaines pénétraient
par la fenêtre et, comme l'allumette d'Edouard
venait de s'éteindre, ces lueurs défaillantes
éclairaient seules le lit, le fauteuil, la table chargée de livres, la muraille ornée de pipes et d'es-
tampes.

Edouard cherchait une autre allumette. Il était

perplexe, amusé, inquiet tout de même. Peu à peu, une émotion puissante, brûlante, bien connue, envahissait son être, repoussant devant elle, en désordre, tout raisonnement, toute pensée. L'odeur nouvelle qui se mêlait, délectable et poignante, aux vieilles odeurs de sa maison faisait battre ses narines. Une chaleur impérieuse lui montait au visage, lui incendiait les oreilles. Il sentit que le rythme de sa respiration perdait toute régularité. Une fois encore il pensa : « On verra bien ! » Et ce fut, somme toute, sa dernière pensée véritable, ce soir-là.

Comme il frottait l'allumette enfin trouvée, il entendit la jeune femme qui suppliait : « N'allume pas, Edouard ! N'allume pas ! » Il répondit laconiquement : « Bien ! »

Alors il quitta son paletot et se jeta sur la jeune femme.

Quand il cherchait plus tard à se rappeler les circonstances de ses actes, il entendait seulement une voix tremblante qui disait : « Attention aux épingles », et peu après : « Ah ! je n'ai pas bien chaud. » Ensuite il n'y avait plus rien qu'un néant tumultueux et l'odeur émouvante d'une créature inconnue.

Vers minuit, la jeune femme se souleva sur son coude, mit son menton dans sa paume et contempla longuement son compagnon. Un faible rayon, venu de la ville, tombait juste sur Edouard éclairant sa bonne figure ronde, ses cheveux en

brosse, sa moustache dorée. Il souriait, silencieux
et calmé.

— Ah ! dit soudain la jeune femme à voix
basse. Ah, Edouard, ce n'est pas toi.

Il se sentit stupide et répondit :

— Mais si, c'est moi.

— Non ! non ! gémit-elle avec une brusque
colère.

Elle se tourna vers le mur et se prit à pleurer.
Elle pleura une grande demi-heure, durant la-
quelle Edouard lui caressait la main, songeant :
« Ça va passer. »

Edouard avait raison. L'orage passa. Et, pour
en accélérer la fuite, le jeune homme répétait
avec conviction :

— C'est moi ! Tu vois bien que c'est moi.

Elle s'écria, riant déjà, au travers des derniers
sanglots :

— En es-tu bien sûr ?

— Oh ! bien sûr ! fit-il avec chaleur.

— Je ne sais pas, soupira-t-elle. Mais tais-toi !

Ils se turent. Ils se turent presque toute la nuit.
A l'aube, Edouard sortit du lit et commença de
s'habiller en silence. Pelotonnée, la jeune femme
sommeillait. Quelques belles touffes de cheveux
noirs semblaient végéter à même l'oreiller ; mais
le visage de la dormeuse demeurait enfoui, invi-
sible. Edouard fit effort pour se le représenter et
n'y parvint qu'imparfaitement. Il estima : « Voici

le moment de la réveiller et de se regarder, de s'expliquer un peu. »

Une respiration douce, égale, presque imperceptible, soulevait les couvertures. Parfois un souffle plus ample que les autres passait, faisant voltiger un flocon de duvet échappé à l'édredon. Après il y avait un long silence. Edouard se pencha pour écouter, puis il se redressa, les jarrets endoloris, sans avoir pris aucune décision. Réveiller la jeune femme lui semblait chose aisée encore qu'un peu brutale. Mais que lui dire ? « En vérité, pensa-t-il, je n'ai absolument rien à lui dire. Habillons-nous ! »

Il jeta les yeux sur sa montre, fit une toilette rapide et s'habilla. La jeune femme dormait toujours. « Je donnerais bien cent sous pour voir son museau », s'avouait Edouard. Pourtant, il prenait soin de mesurer ses mouvements et d'étouffer tout bruit. Il lui arriva de laisser tomber son peigne et il se retourna soudain vers le lit avec une réelle angoisse. La dormeuse fit un faible mouvement et sortit des draps un bras nacré, un peu maigre. De l'œil, Edouard en suivit les lignes et découvrit une main délicate dont les doigts portaient l'empreinte d'humbles travaux. A la vue de cette main, il se sentit le cœur gonflé d'une tendresse soudaine, inexplicable. Il eut voulu saisir cette main, l'embrasser, la réchauffer de ses lèvres.

Il prit son chapeau et, sur la pointe des pieds,

gagna la porte. A ce moment, la jeune femme toussa. Edouard s'arrêta tout aussitôt, anxieux, le souffle court. « Dort-elle, ou fait-elle semblant ? » Il haussa les épaules : « Elle dort, et elle a bien raison. Mais elle a un rhume. Je l'ai déjà remarqué. Il faudra soigner ça. Allons, en route. On verra bien ! »

Avec des précautions de voleur, il ouvrit la porte et sortit. Une fois encore, pendant qu'il comptait les premières marches, il perçut une toux lointaine, étouffée. Alors il descendit l'escalier quatre à quatre.

Une matinée froide et brumeuse. Le grand vent nocturne était parti, chassé par la clarté. L'air toutefois restait houleux, inquiet.

Edouard déjeuna d'un croissant et d'une tasse de café, dans un bar de la rue Saint-Jacques. Puis, l'heure du travail approchant, il se hâta sur le chemin de son laboratoire. La place du Panthéon, délivrée des ténèbres et des songes, lui fit un accueil distrait, comme une grande dame qui abjure, au plein jour, toutes les erreurs de la nuit. Cependant qu'il dévalait vers la Seine, Edouard se surprit à douter de l'aventure. Il se gratta le nez ; son gant lui objecta un parfum délié qui était l'âme même, légère et tenace, de l'événement. Il jugea donc en souriant : « Pas d'erreur ! »

La matinée lui parut longue et son travail irritant, bien qu'il l'aimât. Il fit de courageux efforts pour s'intéresser au contenu des fioles, aux progrès des distillations, à l'aspect des précipités. Un bruit de verre cassé lui révéla soudain qu'il s'absorbait dans une torpeur agréable d'où toute pensée semblait bannie. Edouard était un esprit méthodique ; il se gourmanda sans douceur, reprit l'essai manqué, força son attention, parvint à la fixer, obtint un résultat satisfaisant, se félicita sans enthousiasme, décida de rédiger le procès-verbal de son expérience et, comme midi sonnait, se retrouva devant une page blanche, la plume en l'air, souriant à des images.

Le laboratoire était parcouru d'odeurs puissantes, inhumaines qui, toute la matinée, avaient, en quelque sorte, assujetti l'esprit du jeune homme. Tandis qu'il passait son pardessus, une délicate odeur, celle de la nuit, s'échappa des plis du vêtement et, une seconde, flotta sur les autres, telle une fleur entraînée dans un torrent de boue.

Edouard déjeunait d'ordinaire, avec quelques camarades, sur le quai, dans un infime restaurant écrasé sous une bâtisse boiteuse. Il déserta ses habitudes et fila vers le Panthéon.

Sa concierge, au passage, lui jeta, comme de coutume, un regard de bête aquatique, un regard indéchiffrable. Et le jeune homme pensa : « Grimpons les cinq étages et nous serons fixés. »

Il monta les cinq étages, le dernier à pas de loup sans trop savoir pourquoi. Sur le palier, il s'arrêta, surpris, lui si calme, d'éprouver une émotion inconnue, gênante et qu'il localisait dans le voisinage de l'estomac.

Un silence profond, troublé seulement par la sourde rumeur urbaine, occupait l'étage. Venus des profondeurs de la maison, on percevait les bégaiements d'un piano. La clef était sur la porte, telle qu'Edouard l'avait laissée le matin et, lui sembla-t-il, dans la même position exactement verticale. Il demeura une minute entière adossé à la rampe : « Elle est partie. Je m'en doutais. Tout va bien ! »

A ce moment, il entendit siffler à l'intérieur de son logement. Il entendit siffler un air qu'il ne connaissait pas. Il ignorait que les femmes pussent siffler. Il eut un froncement de sourcils, un battement de cœur ; il fit jouer la clef et poussa la porte.

Tout de suite, l'odeur lui sauta au visage, l'odeur de la créature inconnue.

Le logement d'Edouard comportait une petite antichambre, une cuisine et deux pièces. D'un seul coup d'œil, il comprit que le ménage était fait, formalité confiée jusqu'alors, une fois la semaine, aux soins d'une matrone insaisissable.

Le ménage était fait, non pas à fond mais honnêtement, simplement, sans ostentation. Sur la table de la salle à manger, Edouard vit deux assiettes, deux verres, un peu de linge blanc. Et, de la cuisine, sortit la jeune femme. Il la reconnut tout de suite. Le plein jour n'ajoutait rien

aux révélations de la nuit. Elle dit, d'une voix
paisible, rieuse :

— Vite ! Je t'attendais. Embrasse-moi et dépêchons-nous : que ça ne refroidisse pas !

Et l'homme se trouva soudain assis devant une
assiette fumante. Il goûta, trouva bon, mangea,
s'arrêta une seconde pour rêver.

Babillant, chantant, sifflant, Clémentine allait
et venait par la pièce. Environ le milieu du repas,
il y eut un silence inquiétant. Edouard avait
baissé la tête, pour mieux rassembler ses forces.
Il regardait un petit trou de la nappe et, de l'ongle, en tourmentait les bords. Il dit soudain :

— J'en suis encore à me demander...

Le sort voulut qu'à ce moment il s'arrêtât et
relevât les yeux. Il trouva devant lui, grand
ouvert, un regard noir où il y avait de la frayeur,
de la colère, de la détresse.

— J'en suis encore à me demander, reprit-il
plus bas, ce qui donne si bon goût aux petits
pois.

— C'est, dit-elle avec élan, c'est qu'il y a un
peu de farine et un jaune d'œuf.

Ce fut la seule allusion qu'Edouard fit jamais
aux circonstances de leur rencontre.

Nourri, baisé, la moustache brûlante encore de
l'arome du café, il eut, en descendant l'escalier,
le pressentiment que sa destinée venait de prendre une orientation nouvelle. Comme l'escalier
tournoyait dans l'ombre, il ressentit un léger

étourdissement et préféra penser tout de suite à autre chose.

Le soir, après plusieurs heures d'un travail paisible et effectif, il délaissa pour la seconde fois le restaurant familier et remonta sans traîner, vers le Panthéon, comme un homme docile à de vénérables habitudes.

C'est peut-être dix jours, peut-être quinze jours plus tard — il ne prit pas la peine de compter — qu'il remarqua, dans un angle de l'antichambre, une petite malle basse et modeste qui ne lui appartenait point et qu'il n'y avait pas encore vue.

C'est dix mois plus tard qu'il se maria, pour mille raisons qui parurent, à son esprit mathématique, plus pertinentes les unes que les autres, et qui l'étaient.

Et cinq années passèrent pendant lesquelles Edouard et Clémentine parlèrent de tout et du reste ; mais pas de l'inexplicable événement auquel ils devaient leur union. Dans leurs conversations les plus intimes, il y eut toujours une sorte de zone réservée, de tache obscure dont ils se détournaient tacitement, avec cette prudence farouche qui, jadis, éloignait les âmes religieuses des sanctuaires interdits.

Aussi bien ce mystère sera-t-il respecté. Ce n'est pas des amours d'Edouard qu'il nous faut parler aujourd'hui.

II

SEPT heures moins cinq. Encore cinq minutes.
Il a ouvert un œil, un seul, et entrevu la
montre qui pépie, pendue au mur.

Sept heures moins cinq ! L'œil se referme aussitôt. L'âme replonge dans l'ombre chaude. Cinq
minutes. Comme c'est bon ! Comme c'est long !
Comme c'est court !

Quelque chose, pourtant, reste en sentinelle au
bord du gouffre et veille. Edouard s'entend ronfler. Ayant replié sa jambe droite, il éprouve un
plaisir incomparable. Quel délicieux abandon !
Rester ainsi pendant l'éternité ! Mais ce n'est pas
tout : un chaud corps de femme est appliqué sur
le dos d'Edouard. Extrêmement agréable. Bien !

Absence. Edouard rêve. Il rêve qu'il est cou-
ché dans son lit, à sa place habituelle, et ce rêve
est meilleur encore que la réalité. Puis Edouard
rêve qu'il est sept heures du matin. Cauchemar.

Il se réveille brusquement, tout en sueur, et interroge sa montre. Sept heures moins deux minutes.

Plus que deux minutes ! Ça ne vaut pas la peine ? Si ! Edouard repart, en hâte, et fait encore un petit somme. Il rencontre un de ses songes de la veille au soir, un songe perdu qui s'en allait à la dérive vers le néant. Edouard le regarde bien en face, pour ne pas l'oublier. Et, tout à coup, il entend, dans le lointain, sonner sept heures. Il lâche aussitôt le songe et se trouve assis sur le bord du lit, comme par l'effet d'un ressort puissant, logé dans les reins. Il reste là trente secondes bien comptées. La peau de ses jambes pense pour lui ; elle pense que le temps s'est sensiblement rafraîchi depuis la veille. Du fond du lit arrive la voix ensommeillée de Clémentine. Elle dit :

— Ne te gratte pas la tête. Tu perdras tes cheveux.

C'est vrai : il se grattait la tête. Pourquoi ?

Clémentine ajoute :

— Tu te lèves sans m'embrasser. Tu ne m'aimes plus.

Il lance un baiser à l'aventure, sur une partie indéterminée de Clémentine. Et le voici debout.

Les vêtements sont pendus au mur, dans un ordre bien défini. On les enfile méthodiquement. Il y a des rites, il y a des lois. Il y a « la bonne technique ». Edouard est chimiste ; c'est un esprit scientifique. S'il accomplit, par distraction,

tel geste avant tel autre, il se gourmande inté-
rieurement, sans pitié.

Un regard encore, un mouvement de la tête
vers le petit lit où dort la Zize, la chère fillette,
la poupée. Puis Edouard saisit sa montre et sort
de la chambre, sur la pointe de ses pantoufles.

Voici la salle à manger, ruisselante d'une clarté
bleue. Edouard se sent tout gaillard. Il grogne :
« Comment un homme aussi heureux que moi
peut-il tant aimer le sommeil ? C'est dégoûtant. »

Il entend dans la cuisine, remuer paresseuse-
ment Mme Lhomme, la femme de ménage.
Edouard est bien tranquille : l'eau chauffe, le
café se filtre, les chaussures sont cirées. Le monde
est régi par des divinités bienveillantes. Pour ce
qui est des hommes, il faut avoir « la bonne
technique ». Edouard l'a.

Edouard habite toujours le boulevard de Port-
Royal ; mais il a changé de maison. Il occupe un
appartement de quatre pièces. Il le fait visiter à
ses amis en disant : « C'est tout petit. » Et il
cache un sourire qui signifie : « C'est vaste ! C'est
somptueux, c'est magnifique et même ce n'est
rien en comparaison de ce qu'on verra plus
tard ! »

Edouard a trente ans. Il se regarde dans le
miroir. Il est nécessaire de se regarder dans le
miroir pour se raser. Le front est beau, aéré, bien
construit. Oh ! pour le front, il n'y a rien à dire.
Les cheveux sont drus, ils se relèvent naturelle-

ment, en une brosse épaisse ; ils seraient ondu-
lés s'ils étaient longs ; peut-être un peu blonds,
un peu trop tendres ; Edouard les aimerait mieux
d'un brun solide, d'un brun sans excès. Enfin, de
ce côté, il n'y a pas à se plaindre.

Les yeux sont bleus, non de ce bleu insolent
qui prête parfois aux pensées des hommes un
bouclier de glace ; les yeux d'Edouard font songer aux pétales de la véronique et l'un d'eux
s'orne bizarrement, en plein azur, d'une belle
petite tache rouge brique.

Le nez est remarquable. C'est, sans conteste, la
maîtresse pièce du visage. Il part un peu de travers ; pourtant plein de franchise ; il part avec
tant d'impétuosité qu'il semble entraîner le reste
de la face. Il est gros, sans lourdeur. Il pourrait,
il devrait tomber ; mais il se cabre et présente
au regard des hommes deux larges narines qui
ne sont pas des naseaux. Le bout du nez est un
peu mou. A quoi bon en parler ? ça ne se voit
que quand la bouche remue.

Rien à dire de la lèvre supérieure : elle se dis-
simule sous une moustache hérissée. La lèvre
inférieure est plus franche ; elle est même naïve.
Elle livre tout de suite le menton ; elle a l'air de
le trahir, de le remettre à l'ennemi sans combat.
Edouard n'est pas très fier de son menton. Quand
il le pousse en avant, au passage du rasoir, il
observe que toute la physionomie s'en trouve
consolidée. C'est, d'ailleurs, une attitude fati-

gante ; le menton revient à sa place avec doci-
lité, avec timidité. On pourrait laisser pousser
la barbe ? Non, vraiment non ! Edouard est sans
artifice pour ce menton, sans artifice aussi pour
les joues rondes, pleines, généreuses. Tant pis !
Joues et menton resteront sous la protection du
nez, car, heureusement, il y a le nez.

Edouard passe un second coup de blaireau et
un second coup de rasoir. Il faut être ce que l'on
est. Les gens qui possèdent une encolure de taureau et une mandibule de dogue mettent tout
leur personnage dans la nuque et dans la mâ-
choire. Absurde ! Edouard, qui a un beau nez,
n'ignore pas que c'est au nez que l'on juge
l'homme.

Et puis, assez sur ce sujet : la toilette est finie.
Toutes les parties du corps ont été lavées, bros-
sées, étrillées, selon un ordre judicieux, établi
depuis longtemps, une fois pour toutes, après plusieurs essais méthodiques. Edouard a faim. Il
quitte donc sans regret, y étant entré sans ennui,
le cabinet de toilette qu'il a, naguère, aménagé
lui-même, car il est ingénieux et « bricolier ».

Edouard est vêtu de bon drap. Il dit : « Je ne
suis pas assez riche pour acheter des vêtements
de mauvaise qualité. » Il dit : « Je ne suis pas
assez riche... » Peut-être un autre Edouard pro-
nonce-t-il : « Je ne suis pas encore assez riche... »
Cet Edouard-là, il faudrait une oreille bien fine
pour l'entendre.

Mme Lhomme, qui se déplace par reptation, à la façon de certains mollusques, traverse l'antichambre. Elle annonce, laconiquement : « C'est servi. »

Par amour de la paix, Edouard a décrété depuis longtemps qu'il observait, vis-à-vis de Mme Lhomme, une froideur cordiale, sans plus. Mme Lhomme répète : « C'est servi », d'une voix presque tragique, d'une voix si lasse qu'Edouard se sent mal à l'aise. Il demande, s'efforçant de rester impassible et pesant ses mots :

— Eh bien, quoi ? Ça ne va donc pas, Madame Lhomme ? Je vous trouve pourtant beaucoup mieux.

— Oh ! je ne suis pas si raide que ça.

Elle se répand en gémissements. Edouard lui coupe la parole :

— Mais non, mais non ! Moi, je vous assure que vous allez très bien, tout à fait bien.

Il dit cela gentiment, d'un ton à la fois ferme et séducteur qui signifie : « Allons, chère Madame Lhomme, vous n'allez pas me donner le souci de ne pas vous bien porter. Soyez généreuse, chère Madame, portez-vous bien. Vous savez comme je suis à plaindre quand j'aperçois, dans mon entourage immédiat, quelqu'un qui souffre. Allons, bon courage, Madame Lhomme, pensez un peu à moi. »

Réconforté par ses propres paroles, Edouard fait, dans la salle à manger, une entrée de conquérant.

La pièce est occupée. Clémentine, qui ne reste pas au lit plus que de raison, Clémentine officie déjà pieusement devant la table. Elle prépare d'abord le déjeuner du maître, avec les soins tendres et intéressés que l'on a pour un dieu ou pour une bête de trait.

Clémentine est vêtue d'un peignoir de sa façon : flottant, mais ajusté, clair, mais non salissant, élégant mais pratique, chaud, mais décolleté, d'une couleur à la fois audacieuse et convenable. Si l'on juge l'homme au nez, c'est au peignoir qu'il faut juger la femme.

Clémentine fait manger la Zize. C'est une belle petite fille de trois ans, qui plonge dans son bol, avidement, quatre doigts sans pudeur et qui lève très haut le cinquième avec une délicatesse de grande dame.

Edouard est content. Le parfum du café lui pénètre l'âme. Le café fut donné aux peuples du Nord pour remplacer le soleil matinal.

— Tu ne m'as pas dit, demande Clémentine, ce que tu avais décidé pour la voiture de Zize. La vendons-nous ? Ne la vendons-nous pas ? Il faut répondre avant midi.

— Laisse-moi réfléchir, répond Edouard avec gravité.

La voiture de Zize dénature une seconde le parfum du café. Edouard n'aime pas d'épuiser son jugement dans les petites causes. Il préfère

se trouver en face du fait accompli, sans paraître toutefois renoncer à ses prérogatives.

Il ouvre son journal et, telle une poule des
graviers, il y picore deux ou trois nouvelles. Il
consulte sa montre et avale encore une tartine
grillée. Il querelle gaîment la Zize, l'embrasse,
la respire comme s'il allait la manger. Puis, tout
à coup, il s'aperçoit qu'il est tard, vole dans l'antichambre et saisit paletot, feutre, canne — on
porte la canne du 1er mars au 15 octobre. Il
embrasse Clémentine à côté des lèvres, ouvre la
porte, se lance dans l'escalier, descend un étage,
appelle Clémentine, se penche sur la rampe et
dit, levant ce nez remarquable qui est le sien :

— Ah ! je voulais te parler au sujet de la
petite voiture ; mais je n'ai plus le temps. Fais
ce que tu voudras. Ce sera bien.

Clémentine répond : « Entendu », et referme
la porte. Edouard descend d'un pas plus calme.
Cette affaire de voiture est réglée. L'homme
raisonnable ne gaspille pas son énergie en
menues décisions.

Et voici la rue.

Edouard aime la rue. C'est le lieu qu'il a choisi
pour rêver. Un rêve canalisé qui, comme les pas
de l'homme, suit un itinéraire, un rêve avec des
points de repère et des thèmes obligés.

Il est doux à l'âme sans passion de contempler
l'étalage des magasins. Edouard ne désire rien,
car il sait qu'il aura tout. Ce qui lui plaît, il le

regarde comme une chose à lui, une chose qui
attend son bon plaisir, une chose dont il n'aura
qu'à s'emparer quand le moment sera venu.

Entre la rue Monge et la rue des Ecoles, la rue
du Cardinal-Lemoine descend ferme. Voilà justement l'endroit où, chaque matin, Edouard rencontre Cellulo. C'est un monsieur dont Edouard
ignore le nom, un monsieur qui n'a peut-être pas
de nom. Pour son usage personnel, Edouard
l'appelle Cellulo, à cause de certain col lavable
et rarement lavé. Cellulo doit être employé dans
quelque lugubre administration. Il remonte, chaque jour, à huit heures quarante, la rue du
Cardinal-Lemoine. Chaque jour, Edouard le rencontre et le plaint d'être astreint à une besogne
si régulière. Edouard, lui, ne se plaint pas, car
il ne fait que ce qu'il veut bien faire. Depuis
plus de sept ans, Edouard rencontre Cellulo ; il
le connaît beaucoup mieux que l'on ne connaît
certains amis que l'on tutoie et avec qui l'on
mange. La première année, Edouard a dû faire
de grands efforts pour ne pas saluer Cellulo, au
passage : il est pénible de ne pas saluer quelqu'un
que l'on voit chaque jour. L'attitude même du
bonhomme a refoulé les bons sentiments
d'Edouard. Cellulo décourage la sympathie. Dommage ! Edouard est sans haine, comme sans désir.
Quand Cellulo est malade, Edouard compte les
jours et s'inquiète. Cellulo reparaît, Edouard suit
les progrès de la convalescence et fait des vœux

pour un complet rétablissement. Il a vu Cellulo
prendre et quitter le deuil, il a même, au journal
que le bonhomme achète chaque matin, deviné
la passion politique de Cellulo. Il ne lui a, toutefois, jamais adressé la parole. Il s'en tient à des
remontrances tacites, à de muets avertissements.

Cellulo regarde Edouard d'une façon désobli-
geante. Ce n'est pourtant pas la faute d'Edouard
si Cellulo le regarde de bas en haut, respire
avec peine et monte la rue, au lieu de la descendre, comme fait Edouard.

Le long des grilles de la Halle aux vins,
Edouard rencontre l' « institutrice ». C'est une
dame à visage jeune sous des cheveux blancs. On
voit qu'elle est mariée, car elle porte une alliance.
On voit qu'elle est malheureuse, rien qu'à la
façon de lacer ses souliers. Elle est toujours pres-
sée, mais sans beaucoup de courage. Elle a les
yeux rouges et bouffis deux fois par mois. Elle
doit avoir des enfants mal portants, cela se
devine à sa façon de regarder les enfants des
autres.

Edouard n'aurait aucune raison de saluer cette
dame inconnue. Il lui adresse toutefois un regard
amical et compatissant : « Alors, toujours des
chagrins ? » La dame remue les paupières, ce qui
signifie : « Comme vous voyez. » D'un geste du
nez, Edouard la rassure : « Ça s'arrangera ! »

Outre Cellulo et l'institutrice, Edouard rencontre une foule de gens d'un intérêt moindre, qui

ne lui disent jamais un mot, mais qui l'aiment, le détestent, le respectent ou le méprisent et qu'il traite en conséquence, dans son cœur.

Edouard traverse la Seine, suit le quai et pénètre dans une maison remplie de bruit, d'hommes et de marchandises. Dès qu'il en aperçoit la porte, Edouard cesse de s'appeler Edouard. Il s'appelle M. Loisel.

M. Loisel n'est pas tout à fait semblable à Edouard. C'est un personnage qui porte des gants, qui boutonne son veston, se tient droit, même un peu raide, et qui a une façon bien personnelle de toucher le bord de son chapeau.

M. Loisel traverse plusieurs corps de bâtiment, monte des escaliers, ouvre et ferme des portes, salue, ici et là, du nez, de l'œil ou du menton, et parvient enfin au terme du voyage. Il s'arrête dans un vestibule, ouvre un placard et y dépose sa canne et son chapeau. Il enlève son pardessus. C'est comme s'il enlevait le « monsieur » qu'il y a devant son nom : un jeune homme paraît et dit : « Bonjour, Loisel. ».

Loisel endosse une blouse trouée, souillée, vénérable comme un vêtement sacerdotal. Il fait, dans le laboratoire, une entrée pleine d'autorité et de bonhomie. Dès la porte, il dresse le nez et sait comment vont les choses : il sait que Bourdelois va rater sa filtration sur coton de verre, que les sacs de collodion ont crevé entre les doigts de Plissonneau et que Schwartz chauffe à

blanc, depuis dix minutes, une capsule de platine dans laquelle il n'y a rien, absolument rien,
pas même une hypothèse.

Il est des gens qui raisonnent longuement pour
reconnaître l'évidence. Loisel, lui, tourne un peu
le nez dans le sens des aiguilles d'une montre, il
respire et, toc ! il sait tout ce qu'il faut savoir.
Comme il est bon frère, il vole au secours des
petits camarades et les remet d'aplomb, « en trois
coups de cuiller à pot ».

Loisel est un vrai chimiste. Il adore la « ga-
doue », comme disent les initiés. Il a le sens de
la matière : il en dépiste les transformations et
en déjoue les ruses. Il considère une poudre
comme le psychologue fait d'un visage. Il se
retrouve parmi les cristaux mieux qu'un alpiniste
au milieu des glaciers ; il rit de pitié devant la
dissimulation d'un liquide louche ; il fait avouer
leurs secrets aux solutions avec un cynisme de
juge d'instruction ; il confesse en un tournemain
les dépôts insolubles, attaque et décompose les
résidus, calcine ce qui résiste.

Une lumière acérée éclaire tous ces combats.
Le monde était compliqué, Loisel se lance au
tableau noir, un petit morceau de craie à la main,
et le monde, tout confus, devient simple. Les
choses s'appellent C ou H. On en range une moitié à gauche, l'autre moitié à droite. On met au
milieu le signe qui veut dire que les deux moitiés
se valent et, aussitôt, tout s'arrange.

Le long des murs rampent des tubes et des fils. Toutes les forces de la nature sont là. Un robinet pour l'eau, un pour le gaz, un autre pour l'électricité, un dernier pour le vide, car le vide lui-même est de la fête : « Il y en a plein le tube du bas », déclare Bourdelois.

Loisel manœuvre les robinets, aligne des chiffres, compte des gouttes et pèse des grains de poussière sur une balance si nerveuse qu'il a fallu l'enfermer dans une cage de verre. Loisel retient son souffle ; il regarde les plateaux de la balance tout doucement, comme si le regard même pesait quelque chose et pouvait fausser les calculs. Loisel a de gros doigts corrodés par les caustiques ; mais, avec ces gros doigts, il peut saisir l'ombre d'un cheveu.

Schwartz s'écrie : « Midi moins dix ! » Loisel est surpris. « Eh oui ! murmure-t-il, quand on travaille, il est tout de suite midi moins dix. »

Un coup d'œil encore au bain-marie qui fume et chantonne dans son coin. Un coup d'œil à la flamme du thermostat qui veille, jour et nuit, toute droite dans sa guérite. Un coup d'œil à cet entonnoir qui lâche une goutte toutes les heures et ne sera pas vide au jugement dernier. Puis Loisel va se laver les mains.

Il reprend son chapeau, passe son pardessus, redevient M. Loisel, traverse l'établissement de bout en bout et retrouve l'air de la rue qui lui

semble pur, après les forts relents de la « ga-
doue ».

Pendant dix minutes, tout au plus, M. Loisel
regarde la rue avec les yeux d'Edouard. Il arrive
au Petit-Passe-Temps ; il en pousse la porte, et,
brusquement, il s'appelle Châteaubriant. C'est un
surnom flatteur ; il le doit à une vive et persévé-
rante prédilection pour le bifteck aux pommes.

Edouard remonte rarement, pour déjeuner,
jusqu'au boulevard de Port-Royal. Il n'en a
guère le loisir. Il fréquente le Petit-Passe-Temps,
dont la nourriture est saine, la clientèle choisie
et le propriétaire plein d'urbanité.

Edouard aime la table. Que n'aime-t-il pas ?
Puis, vite, une pipe. Le tabac est une bonne
chose. Il n'est que de bonnes choses au monde.

Edouard longe le quai, tout en fumant. Il n'est
pas mécontent de soi. Quand il entend les autres
prononcer le mot de « chance », il dit : « Ah oui !
voilà comme les faibles appellent le courage. »

Encore une pleine après-midi de travail et
Edouard regagnera sa maison. Il dînera, fera
jouer la Zize, embrassera Clémentine, lira les
livres qu'il aime et dormira toute la nuit avec
application.

Qui donc pourrait corrompre le sommeil du
sage ? Qui donc oserait troubler la vie de l'homme courageux, la vie réglée par la bonne technique ? La nuit parisienne est tourmentée de
soupirs, de cris et de gémissements. Mais l'homme

sans passions sommeille au fond d'un golfe. Et ce qui lui parvient de la houle et des vents est assez bon pour le bercer.

III

Environ sa trentième année, Edouard connut les effets d'une grande prospérité matérielle et morale.

Il avait quelques amis dont il faisait cas et qui tous, à des titres divers, étaient des hommes remarquables.

Remarquable était Vanderkelen par sa force musculaire, son érudition sportive, sa fougue dans la discussion, la grande capacité de son estomac. Vanderkelen était de ces Flamands français dont l'éloquence, l'enthousiasme et l'imagination transfiguratrice surpassent de beaucoup les vertus si vantées des populations méditerranéennes.

Il était violent, généreux, prompt à l'injure, prompt aux excuses. Parfois, la pointe de ses oreilles s'enflammait et la colère lui retirait l'usage de la raison. Il était alors redoutable pendant plusieurs secondes ; il s'enivrait des plus farouches desseins. Mais le rire reprenait vite possession de cette âme limpide ; les doigts que Vanderkelen avait écartés et crispés pour l'homicide se rejoignaient avec chaleur sur des poignées de main.

Il apportait beaucoup de fougue aux actions les plus bénignes. S'élançait-il contre la porte tournante d'un café, il le faisait, le plus souvent, avec un élan sans réserve qui dépassait la juste mesure et renvoyait son homme au trottoir après un tournoiement vertigineux.

Il était employé à la compagnie du gaz et avait pour fonction d'inspecter les équipes de la rue, ce qui lui assurait quelque loisir et des rencontres. S'il critiquait avec sévérité les agissements de son administration, il n'entendait pas partager avec qui que ce fût cette délicate prérogative. Toute allusion au prix du gaz, au fonctionnement des compteurs, à la fragilité ou à l'insuffisance des appareils domestiques lui paraissait une attaque personnelle, un blâme indirect et perfide. Il disait : « Nous avons déjà bien du mal à vous fabriquer ça pour cinq sous le mètre », ou bien : Si vous n'êtes pas contents, brûlez du guano, brûlez du bois de campêche, brûlez du blanc de baleine. Silence ! Vous n'êtes pas dignes de la civilisation moderne ! » Il ajoutait volontiers à ces vitupérations d'inquiétantes injures, telles que « face ! » « pelure ! » et même « peau de patte ! ».

Les habitués du Petit-Passe-Temps, sincèrement désireux d'éviter le tumulte et d'épargner
à Vanderkelen les affres de la fureur, avaient
renoncé à l'usage du mot gaz. Ils disaient parfois,
d'une voix rapide et avec une palpitation de la
paupière : « Chez moi, on fait la cuisine au
truc... », ou : « On a fini par nous poser un appareil à chose... » Le timide Plissonneau en vint
même à demander, un jour, non sans quelque
émotion, « si les ballons dirigeables étaient gon-
flés au... parfaitement ».

La camaraderie vit d'attentions. Vanderkelen,
ménagé, surveillé, subsistait ainsi dans une paix
cordiale et pourtant précaire. Un soir, la patron-
ne du Petit-Passe-Temps crut devoir annoncer
qu'elle allait porter une robe de gaze. Un grand
silence tomba et tout le monde, anxieusement,
regarda Vanderkelen qui battait les cartes. Les
oreilles de Vanderkelen rougirent, puis, peu à
peu, reprirent leur teinte normale. Tout le monde
respira et l'on vit bien que Vanderkelen savait se
dominer et qu'il était, somme toute, plus toléran
qu'on ne l'eût dit de prime abord.

Plissonneau était chimiste et, comme Edouard
travaillait dans les laboratoires Vedel et Gaye
Il était long, maigre, jaune de peau, noir de crin
et promenait sur l'univers un regard mobile
brûlant, qu'on ne pouvait supporter sans malaise
Quand on parlait d'amour en sa présence,
s'écriait soudain d'une voix basse et chevrotante

« L'amour ! Oh ! moi, j'adore ça ! » En fait, il aimait l'amour, mais craignait le ridicule. Il suivait les femmes, dans la rue, et déclarait ne pas s'y prendre comme les autres. Il avait inventé un système ingénieux : « Il suivait les femmes par devant, au lieu de faire comme ces imbéciles qui les suivent par derrière. » Les spécialistes critiquaient cette méthode et la jugeaient infructueuse. A vrai dire, Plissonneau semblait toujours inquiet et affamé. Il cassait beaucoup de verres au laboratoire, car ses doigts étaient tourmentés d'un tremblement fébrile ; en outre, il transpirait abondamment des paumes. La vue d'une femme, fût-elle mûre ou disgraciée, le jetait dans une agitation insolite qui se traduisait par une toux aboyante : « Hon ! Hon ! »

Certains lundis, on voyait arriver au laboratoire un Plissonneau glorieux, insolent. Les jours suivants, le contentement faisait place à une angoisse grandissante. Il recouvrait, au bout d'une semaine, un calme relatif, puis s'assombrissait de nouveau, pour de longs jours. Enfin, après un grand mois de mélancolie, il redevenait lui-même ; ses yeux luisaient comme un éclat d'anthracite, ses doigts se reprenaient à trembler de plus belle et il s'immobilisait à la fenêtre, oubliant ses fourneaux, pour contempler, au fond de la cour, l'atelier où grouillaient les conditionneuses.

Par delà les bâtiments de la fabrication, on

apercevait le bureau des comptables. Là vivait
Moineau, calculateur hors ligne et homme intè-
gre. Il déclarait, non sans orgueil : « Moi, j'ai la
confiance. » Comme tous les gens « qui ont la
confiance », il était écrasé de grosses et menues
besognes qu'il acceptait pêle-mêle, avec un sombre enthousiasme.

Il faisait, au Petit-Passe-Temps, des appari-
tions irrégulières et brèves. Il mangeait en lisant
son journal. C'était un Morvandiau de petite
taille, noueux, sec et comme fumé. Son accent
rustique était si fort que, malgré la jaquette, le
binocle et le front de mathématicien, à l'entendre
parler, on évoquait des odeurs d'étable, des prai-
ries coupées de haies à échaliers, des troupeaux
de bœufs blancs.

Il était sévère, calme, réservé, bien qu'à ses
moments d'humeur il traitât son meilleur ami ou
même sa femme de « sale denrée ».

Il avait deux passions, en apparence innocen-
tes et dont il souffrait pourtant. D'abord, la passion des pipes. Il en possédait une collection
estimée. Il en portait toujours plusieurs dans ses
poches, et des plus belles et des plus chères.
« Véritable bruyère du Cap ! Véritable écume de
Crimée ! » Il caressait longtemps chacun de ces
objets et le replaçait, avec une sollicitude de
nourrice, dans un étui en peau de Suède plus
veloutée qu'une joue d'enfant. Il maniait à tout
propos un élégant petit nécessaire où se trou-

vaient tous les instruments qu'il faut pour
bourrer, débourrer, ramoner, écurer les pipes. Il
feuilletait d'extraordinaires catalogues anglais et
rêvait à ces pipes de racine qui n'ont l'air de
rien et qui coûtent douze livres sterling. A part
cela, Moineau ne fumait jamais, surtout la pipe.
Il n'osait avouer que l'odeur du tabac suffisait à
troubler sa digestion.

L'autre passion de Moineau, pour démodée
qu'elle fût, trouvait du moins à s'assouvir. Il
faisait partie d'une société de croquet et jouait
assidûment dans les allées du Luxembourg. Ce
jeu bénin avait failli le conduire en cour d'assises. A la suite d'un passage douteux et d'un arbi-
trage illogique, Moineau avait, un jour, déchargé
sur la tête de son adversaire un coup de maillet
si violent que la victime s'était évanouie. En
dehors du croquet, Moineau se montrait timoré,
méthodique, scrupuleux et bien digne de la
confiance dont il était universellement accablé.

Au nombre des amis d'Edouard, il faut aussi
nommer Sautier, l'homme d'action, le réalisateur.
Sautier n'appartenait pas à la maison Vedel et
Rayet. Il travaillait à son compte ; il était dans
les affaires. Il avait le culte de l'organisation.
Premièrement ! Deuxièmement ! Allons par
ordre ! De deux choses l'une ! » Il mêlait même
à son débit d'énergiques et concises formules
latines : « Age quod agis... Motu proprio », etc...
Il avait entrepris un grand nombre d'affaires et

avait imposé, dans toutes, un système si rigou-
reux, si parfait que le travail était rapidement
devenu impossible et que d'éclatantes déconfitu-
res avaient suspendu les expériences. Il ne se
décourageait jamais et attribuait ses échecs à
certaines infractions aux règles prescrites. Il
parlait haut et profusément. Après chaque
période, il lançait, en élevant la main droite, un
ou deux « mais » retentissants et, pendant que
ces « mais » faisaient vibrer les vitres, il impro-
visait la suite de son discours.

En dehors de ses grandes affaires, il représentait diverses compagnies d'assurances. Il était
lui-même, assuré sur le feu, sur la maladie, sur
la vie, sur les accidents de voiture et de bicy-
clette, sur le bris de glaces, enfin sur toutes
choses. Il avait contracté trois ou quatre assurances sur le même objet et s'épuisait à payer
les primes. Il rêvait d'assurances rares : sur les
piqûres de guêpes, sur le gel, sur les mangeures
de mites ou sur les dettes de jeu. Il était pré-
voyant avec témérité, avec folie. En sorte
qu'ayant envisagé tous les risques et payé pour
chacun, il vivait dans une attente mystique de
l'accident. L'assurance était pour lui la religion
des temps modernes et il apportait à recruter ses
clients un zèle agressif de jeune missionnaire.

Reste à citer Petit-Didier, l'intellectuel du
groupe. Il avait dû quitter sa dernière place
après une algarade retentissante. Il avait en

racontait-il, avec son patron, une longue contro-
verse, d'abord courtoise, puis aigre, violente enfin,
sur le dogme de la Trinité, et il s'était fait jeter
à la porte, ce dont il gardait quelque fierté. Il
était, depuis, employé au secrétariat, chez Vedel
et Gayet, où on ne lui demandait aucun compte
de ses opinions philosophiques, ce qui ne laissait
pas de l'humilier. Il chargeait toujours ses poches
de livres qu'il était seul à connaître et au nom
desquels il reprochait à ses camarades leur
ignorance et leur sottise. Il était impulsif, véhément, désabusé. Il parlait volontiers de la sérénité, de la certitude que procure une culture
fervente et donnait le spectacle de l'intolérance
et de l'égarement. Il prenait chacun de ses compagnons à part, à tour de rôle, et commençait
toujours ainsi : « Toi qui es le seul intelligent de
cette bande de patates... » Et il le mettait en
demeure de reconnaître la suprématie de l'esprit.
Ayant obtenu cette facile victoire, Petit-Didier
révélait ses projets personnels et comme il entendait conquérir le monde.

Il aimait sincèrement les fleurs, les animaux.
Il prodiguait en secret des friandises et des
caresses au chien de M. Vedel, mais affectait, en
présence du patron, de traiter l'animal avec une
rudesse morose ; car Petit-Didier était orgueil-
leux et naturellement insoumis.

Tels étaient les amis d'Edouard.

Il y a des amis dans toute existence réglée par

la bonne technique. Edouard avait donc des amis
dont il tirait quelque plaisir. Il traitait parfois
l'un ou l'autre et riait bénévolement, après coup,
aux critiques de Clémentine. Par bonheur, Clémentine n'exigea jamais nul sacrifice. Edouard
eût peut-être cédé, car il chérissait la paix plus
encore que l'amitié. Et si le sage a des amis
n'est-ce pas, avant tout, pour son divertissement ?

IV

Donnez-moi, dit Sautier, donnez-moi seulement dix ingénieurs, mille ouvriers, six cent mille francs, pas plus, et je me charge, moi, d'en venir à bout, de votre truc. Mais, mais, attention ! Faut ce qu'il faut ! Quand je demande dix ingénieurs, c'est des lapins que je veux, mille ouvriers, et pas des manchots, pas des malingres ; et la galette et les pleins pouvoirs. La dictature, quoi ! C'est une question de principe, une question de méthode. Donnez-moi...

— Et à moi, murmure Moineau dans le silence entr'ouvert, donnez-moi une demi-portion d'épaule froide, avec des pommes à l'huile.

Petit-Didier lâche un grognement amer. Sautier bondit :

— Vous êtes des « va-te-faire-foutre », des « jean-fesse ». Vous êtes incapables d'initiative. Vous êtes tous des « reste-assis », des « laisse-

moi-me-gratter », des « faucheurs de brouillard »,
des « briseurs de courants d'air ».

Il s'arrête une seconde, la gorge obstruée par
un paquet d'injures et enfin, d'une voix déchi-
rée : « Parfaitement ! »

— Parfaitement ! appuie Vanderkelen. La
nature humaine est exécrable. Il faut faire l'édu-
cation du soi.

Il y a un rire discret, mais soutenu. Edouard
rit, comme tout le monde.

Il est près de midi et demie. Les habitués du
Petit-Passe-Temps sont réunis autour de leur
table favorite, dans une chaude et confortable
odeur de choux, de friture et de café.

Edouard rit de bon cœur et s'arrête net. Il est
assis sur la banquette de moleskine, à sa place
ordinaire. Il peut, d'un seul coup d'œil, embrasser la salle pleine de buée, où circulent déjà de
longues et molles volutes de tabac. En face de
lui, il y a une grande glace qui occupe tout un
pan de mur, une glace dont il connaît, de longtemps, toutes les rayures, tous les défauts. Cette
glace réfléchit normalement les vitres de la
devanture, l'image fugitive des passants, trois ou
quatre plantes vertes aux feuilles résignées, enfin
une pyramide de pêches et de bananes en stuc
colorié.

Edouard lève les yeux sur ce tableau familier
et, sans trop savoir pourquoi, il s'arrête de rire.

La conversation reprend, véhémente, coupée

d'exclamations. Edouard cesse d'y participer. Il
lève parfois les yeux sur la glace avec une sorte
de gêne. Mais, comme une grande partie de son
attention est encore attachée au souvenir du
travail matinal, il ne tente même pas d'expliquer
la singulière impression qu'il ressent à la vue de
la glace.

Trois ou quatre fois de suite, il lève les yeux
et retrouve le même trouble. Soudain, tel un
chasseur qui lâche une proie pour en suivre une
autre, il oublie les soins du travail matinal. Il
vient de comprendre que la grande glace le
regarde.

Il devrait être fait à ce phénomène. Il a coutume d'apercevoir, en face de lui, sa propre
image, assombrie par le contre-jour ; et, d'instant en instant, selon qu'il est content ou mécontent de soi, il recueille, dans la glace, une louange
ou un blâme. Mais, aujourd'hui, Edouard devine
que la glace le regarde avec d'autres yeux que
les yeux d'Edouard, avec des yeux inconnus. Oui,
c'est bien cela qui, tout à l'heure, a coupé net son
envie de rire. C'est bien cela qui lui procure cette
sensation d'embarras, cette gêne imperceptible
qui tient, curieusement, de la souffrance et du
plaisir.

Edouard fait un loyal effort pour revenir à ses
pensées coutumières. Il n'y parvient qu'avec
peine, et pour s'en retrouver presque aussitôt
distrait. Peut-on lever les yeux sans rencontrer

la glace et, dans la glace, ce même regard attentif, intimidant ?

Devant Edouard, et lui tournant le dos, est
assis un homme dont Edouard peut apercevoir
les épaules tombantes, le veston propre mais
luisant, la nuque parcourue par un sillon verti-
cal, les cheveux d'un châtain étouffé ; de ces
cheveux sans méthode, sans discipline, incapables de conserver plus d'un instant l'empreinte
du peigne. C'est pourtant à cet envers d'homme
que l'esprit mathématique doit rapporter, là-bas,
dans le miroir, une face noyée d'ombre et mal
distincte, une face dont les yeux demeurent
fixés sur Edouard, avec une insistance qui leur
donne de la force, de l'éclat.

A dix reprises, Edouard lève la tête et, chaque
fois, il reconnaît ces mêmes yeux, dans le même
visage obscur. Bien qu'il affecte de ne pas répondre à une si insistante curiosité, il observe que
l'inconnu porte une courte barbe et de grosses
lunettes de fer. « Qui est-ce donc que ce gars-là ?
songe-t-il. C'est bien la première fois qu'on le
voit ici. »

L'homme aux lunettes de fer n'est certes pas un
habitué du Petit-Passe-Temps. On le devinerait
rien qu'à sa façon de consulter la carte, de choisir
ses mets, de manier sa fourchette et d'appeler la
servante.

Edouard prend la résolution de ne plus regarder vers la glace. Il s'applique à disséquer avec
minutie une paire d'anchois.

Vanderkelen raconte, d'une voix qui remplit, à bloc, la salle du restaurant :

— Le vieux Dudebat m'attrape par un bouton de ma veste : « Mon petit ami, me dit-il, vous aurez d'abord pour fonction de gratter, avec une brosse et un couteau, les inscriptions telles que voleur, escroc, pilleur d'épaves et autres ordures que des individus sans aveu apposent sur les murailles de mon établissement. Compris ? » Moi, je réponds : « Bien, monsieur ! » Et je commence à gratter, gratteras-tu et à frotter, frotteras-tu. Pour un gosse, ce n'était pas un travail trop creusant. Seulement, comme je voyais venir la minute où les murs seraient récurés à neuf et où le vieux me collerait à l'atelier, je rappliquais tous les soirs, sur le coup de dix heures, et j'écrivais plus de cent fois, au crayon gras et à la craie, tout le long du mur, des choses comme « Satyre ! Buveur de sang ! Négrier ! Bourreau du peuple ! » et une foule d'autres douceurs de ce genre, que j'avais bien du mal à gratter, le lendemain matin. Et voilà qu'un soir, pendant que je dessinais, au fusain, grandeur nature, le portrait de M. Dudebat en posture d'attentat à la pudeur, je sens tout à coup qu'il y a quelqu'un derrière moi. Je me retourne. Pan ! Le vieux ! Soi-même ! Il était là, qui me regardait, les mains dans les poches. Il me dit : « Continuez ! » Je lui réponds : « C'est presque fini. »

Vanderkelen lance des postillons dans les

assiettes de ses voisins. Un rire formidable
ébranle la bâtisse, comme le passage d'un train
souterrain. Le Flamand zézaie avec enthousiasme :

— Il me dit : « Continuez donc, mon petit
ami. » Et je lui réponds : « Attendez seulement,
c'est presque fini. »

Car Vanderkelen raconte toujours deux fois
chacune de ses histoires et, la seconde fois, il
ajoute de menus détails aux bons endroits.

Le rire se prolonge et fait vibrer toute une
rangée de verres à pied, sur l'étagère, au fond
de la salle. Edouard, qui a écouté d'une oreille
et qui aime bien Vanderkelen, Edouard rirait
volontiers, comme les autres ; mais il a regardé
la glace. Il ne rira pas. La glace ne veut pas le
laisser rire.

Edouard relève la tête et contemple ses amis
d'un air quelque peu détaché, froid. La glace
répond : « Evidemment, je m'en doutais. »

Edouard jette un coup d'œil à la carte et
ouvre déjà la bouche pour commander « une tête
de veau en tortue ». Il ajoutera même, comme de
coutume : « Avec beaucoup de jus. » Edouard
ouvre la bouche et prononce d'une voix sérieuse, pleine de réserve, les paroles suivantes :
« Une côte de pré-salé. »

Que s'est-il passé ? Edouard a regardé la
glace et, aussitôt, il a compris l'espèce de ridicule qu'il y a pour un gentleman à crier, dans le

tumulte du restaurant, des mots absurdes tels
que : « Une tête de veau en tortue. »

Pour la même raison, quelques minutes plus
tard, Edouard voit se transformer en « endive
braisée » la « nouille au gras » qu'il s'apprêtait à
réclamer. Edouard sollicite et obtient le muet
assentiment de la glace. Un vrai gentleman se
nourrit d' « endives braisées ». Quelle opinion
peut bien donner de soi l'individu qui puise son
énergie morale dans les nouilles au gras ?

Autour d'Edouard, les visages, travaillés par
la digestion, virent d'un ton dans leur gamme
personnelle. Plissonneau, normalement pain de
Gênes, s'élève jusqu'au pain d'épices. Vanderkelen passe de la rose à la tomate, Moineau de l'o-
range au safran, Sautier du saumon au sang
de bœuf et Petit-Didier de la paille au citron.

La glace demande : « Ce sont là vos amis ? »
Edouard répond, du nez : « Oh ! mon Dieu !
des camarades, tout au plus ! » Il rougit. C'est la
digestion : le nez d'Edouard est incapable de
lâcheté.

De ses doigts secs, Moineau caresse une pipe
de merisier blanc, une merveille satinée, parfu-
mée comme un matin de juin. Il la laisse circu-
ler de mains en mains, la suivant d'un œil jaloux. Petit-Didier, qui doit forcer son filet de
voix, flétrit un ancien patron :

— C'était un homme sans convictions, sans
opinions, sans caractère et surtout sans goût.

Pour les étrennes, la première année que j'étais
là, nous lui avons offert un encrier Empire, un
objet de prix que j'avais choisi moi-même.
Tout vandale qu'il était, au fond, il a quand
même compris ce qu'est le style, le vrai style.
Dans l'année qui a suivi, il s'est acheté tout un
mobilier Empire, pour aller avec l'encrier. Mais,
le plus fort, c'est qu'un peu plus tard il s'est
abonné à *l'Autorité* ; et il a fini par se porter à
la députation comme candidat bonapartiste, et,
tout cela, à cause de cet encrier que nous lui
avions donné.

On entend : « Pas possible ? » et la rangée des
verres à pied commence de rire, avant l'assistance. Furtivement, Edouard interroge la glace.
Après quoi, il rit de façon modérée : la glace
n'y verra pas d'objection, cette fois.

Sautier demande : « Donnez-moi deux corps
d'armée... » Personne n'ose les lui refuser. Plis-
sonneau tombe dans une extase démoniaque.
Vanderkelen, qui cherche le sucrier, s'adresse à
Edouard en l'appelant « Châteaubriant ».
Edouard ne comprend pas.

Il laisse tomber sur Vanderkelen un regard
distrait, distant. Puis, au lieu de crier : « Une
tasse ! » selon les traditions du Petit-Passe-
Temps, il demande un « café-filtre ». Il s'exprime « avec la plus grande distinction » et la glace
lui manifeste la plus déférente sympathie.

Moineau glisse, en soupirant, la belle pipe de

merisier dans un étui en peau d'isard. Edouard
finit de humer son café-filtre, un petit doigt en
l'air : le petit doigt d'un gentleman accompli.
Pour s'arracher à la banquette de moleskine, il
lui faut déranger Sautier. Il le fait avec d'anor-
males précautions oratoires. Il fait tout, aujour-
d'hui, avec la plus rare distinction.

Comme l'air piquant de mars l'attend à la
porte du traiteur, Edouard dispose avec soin
son foulard de soie et il boutonne son paletot
jusqu'au menton. A la ronde, des poignées de
main. Cordiales, certes ; mais pas plus familiè-
res qu'il ne convient. Comme il est élégant,
aujourd'hui ! Comme il est sobre de gestes,
concis dans ses propos et « distingué », surtout,
« parfaitement distingué » !

Il lance vers le fond de la salle un coup de chapeau qui semble destiné à l'ensemble de l'assistance, mais qui, en fait, s'en va tout droit dans
la glace. Un coup de chapeau discret, noble, aisé.
La glace a répondu, gravement. Des épaules
s'abaissent, une tête pique vers une assiette.

Edouard monte deux marches, ouvre une
porte, et le voici sur le trottoir. Fini pour le
Petit-Passe-Temps. Un vent chargé de lueurs,
de rumeurs et de bruine l'enveloppe, le lave, le
clarifie comme une liqueur.

Il s'en va le long du quai et redevient tout doucement semblable à lui-même. Pourtant, dès qu'il
ferme les yeux, ne serait-ce que l'espace d'un

clignement, il aperçoit un beau regard liquide
et lumineux qui, spécialement pour lui, Edouard,
monte du fond de l'ombre.

Tout ce qu'il fera ce jour-là sera noble, pur,
« distingué », digne, en un mot, d'un véritable
gentleman.

V

Vous permettez, Monsieur ?

La salle du Petit-Passe-Temps était vide. Il y a des jours comme cela où tout l'univers déserte, en bloc, des jours où le Petit-Passe-Temps a l'air d'une Thébaïde, des jours où des odeurs de cuisine même y sont insensibles, allusives, ascétiques.

— Mais, Monsieur, je vous en prie.

Edouard s'inclina légèrement et s'assit. Puis il posa la serviette sur ses genoux, donna quelques soins à sa moustache et prit un air d'autant plus naturel, d'autant plus dégagé qu'il venait de faire une chose audacieuse, une chose contraire à « la bonne technique » : il venait d'abandonner sa place habituelle.

La servante parut et jeta sur Edouard un regard stupéfait. Edouard supporta courageusement ce regard.

Assis à l'autre bout de la table et du côté opposé, un jeune homme lisait avec une attention extrême le menu polycopié en deux couleurs, à la pâte. Ce jeune homme portait de grosses lunettes de fer et un collier de barbe mal planté sur un visage mat et maigre.

La servante patienta quelques instants et demanda d'une voix languissante :

— Et alors ? Qu'est-ce qu'il faut pour M. Loisel, aujourd'hui ?

— Attendez, Françoise, attendez, je ne suis pas pressé.

Aussitôt le jeune homme tendit le bras, présenta la carte et balbutia :

— Tenez, Monsieur je vous demande pardon.

— Mais, je vous en prie, Monsieur, prenez votre temps.

— J'ai fini, j'ai choisi, je gardais ce papier par distraction pure.

— Merci. Je vous assure, Monsieur, que je ne suis pas pressé.

Edouard consulta la carte et la replaça ostensiblement à l'autre bout de la table, tournée vers le jeune homme aux lunettes, délicatement appuyée, par surcroît, à la burette de vinaigre, enfin si savamment orientée qu'il était impossible à l'inconnu de regarder ailleurs que dans son assiette sans consulter le menu. Puis Edouard demanda des olives et se mit à manger en prenant grand soin de rejeter les noyaux d'une

façon correcte et qui n'eût pas l'air apprêtée.
Ensuite il se fit apporter une « assiette à l'an-
glaise », ce qui ne manque pas de « distinction ». De temps en temps, il jetait un coup
d'œil de côté, vers le jeune homme aux lunettes.
Et tous deux, si leurs regards venaient à se rencontrer, s'empressaient aussitôt de contempler
leur assiette avec une sorte de timidité médita-
tive. « Je ne voudrais vous gêner en rien. » —
« Soyez sûr, Monsieur, que c'est sympathie
pure... »

Sans en comprendre, ni même en chercher la
raison, Edouard se sentait content, ce jour-là. Il
éprouvait un agréable sentiment de plénitude.
La vie lui paraissait intéressante et savoureuse.
A un certain moment, il crut deviner que le
jeune homme aux lunettes cherchait, de l'œil, un
objet, sur la table. Edouard saisit aussitôt la
salière et la tendit à bout de bras, en inclinant
un peu le buste.

— S'il vous plaît, Monsieur.

— Oh ! merci, vous êtes vraiment trop aimable !

Et le jeune homme, sans hésiter, fit à ses aliments une large distribution de sel, d'un air qui
signifiait clairement : « Vous venez de me rendre un véritable service. Constatez que votre sel
tombe à point. »

Edouard regarda l'inconnu quatre ou cinq
secondes, pour s'assurer qu'il ne manquait de

rien. Puis il remplit son verre et déposa la carafe très loin de soi, avec un geste que tout homme sensé devait traduire ainsi : « Vous avez salé vos aliments avec trop de générosité. Il vous faut boire, maintenant. Avez-vous encore besoin de quelque chose ? Vous savez ! je connais les coutumes de la maison. Je suis entièrement à votre service. »

L'inconnu leva vers Loisel un visage empreint de gratitude, un visage où, sans aucune chance d'erreur, on pourrait lire cet aveu : « Vous êtes la courtoisie même, et je ne sais comment vous remercier de vos bons offices. »

Le repas s'acheva sans autre incident. Edouard osait à peine regarder le jeune homme ; mais il lui adressait, dans le secret de son cœur, d'amicales représentations : « Allons, ne mangez pas trop vite ! Heu ! Vous n'avez pas trop bonne mine. L'estomac ? Oui, l'estomac, je m'en doutais. Dame ! Ce Petit-Passe-Temps n'est jamais qu'une gargote. Une honnête gargote, à dire vrai. Oh ! Vous ne prenez pas de café ? Encore l'estomac ? Dommage ! Le café est une bonne chose... »

Le jeune homme se leva et saisit son pardessus. Edouard poursuivit son monologue intérieur : « Je vous aiderais volontiers à l'endosser. C'est un menu service et bien naturel, somme toute... » Mais le jeune homme répondit, d'un battement de cils effarouché : « N'en faites rien !

Vous êtes beaucoup trop bon. Ce vieux pardessus n'est pas très lourd. »

L'inconnu fit un tour sur lui-même, avec embarras, rougit un peu, très peu et salua avant de sortir. Edouard lâcha sa fourchette, son couteau et s'inclina, se détachant de son siège et rattrapant d'une main sa serviette qui glissait.

Le jeune homme parti, Edouard demeura rêveur. Quelques minutes plus tard, Sautier pénétra dans le restaurant et considéra Edouard avec étonnement :

— Tu as changé de table ?

Edouard eut le temps de comprendre qu'il allait mentir et bredouilla :

— La fenêtre me fait froid au cou.

— Tu t'en aperçois seulement aujourd'hui ?

Le soir même, au milieu du dîner, Clémentine rompit un silence qui durait depuis quelques minutes et posa, sans détour, cette question surprenante :

— A quoi penses-tu ?

Edouard sursauta :

— Moi ? Mais à rien du tout.

Un peu plus tard, il commença d'une voix indécise :

— Depuis quelques jours, au Petit-Passe-Temps...

Il s'arrêta, aux prises avec une grosse bouchée de pain.

— Depuis quelques jours, reprit Clémentine.
Eh bien ?

— Ah oui ! depuis quelques jours... on a ins-
tallé un poêle à bois, pour la demi-saison.

Edouard ne sut même pas quelle pudeur l'a-
vait saisi et qu'il voulait garder quelque temps
encore son secret.

Les jours suivants, l'inconnu ne reparut pas
au Petit-Passe-Temps. Edouard éprouva du dépit et même de l'inquiétude. Il constata qu'il
était de mauvaise humeur et critiqua sans retenue le temps, la cuisine et les mœurs du siècle.
Il ne reprit pas son ancienne place sur la banquette de moleskine. Aux camarades qui lui re-
prochaient cette espèce de défection, il répondit
d'abord : « J'avais trop froid », puis : « J'avais
trop chaud », enfin : « Je fais ce qui me plaît,
vous êtes insupportables. »

Le troisième jour, comme Edouard, sérieusement courroucé contre le monde en général et
lui-même en particulier, s'installait à sa nouvelle place, le jeune homme aux lunettes ouvrit
la porte. Il salua, d'une façon particulière : un
salut dont un vague dixième était destiné à l'ensemble de la salle et dont les neuf autres di-
xièmes allaient franchement vers Edouard.

Edouard hocha la tête et pensa : « Ah ! enfin
Vous voilà ! Remarquez-le, je vous attends. Je
suis à ma nouvelle place, exprès pour vous bien
montrer que je vous attends. »

Le jeune homme vint s'installer à la table
d'Edouard, mais pas exactement en face de lui.
Il avança pourtant d'une place, et, pendant tout
le repas, un entretien muet s'établit dont les ré-
pliques, déjà fort intimes et subtiles, se tradui-
saient, en langage sensible, par des phrases à
sens caché, telles que : « Puis-je vous offrir du
pain, Monsieur ? » ou : « Ne trouvez-vous pas
qu'il fait un peu chaud dans cette salle basse ? »

Trois jours passèrent. Le jeune homme arrivait en général plus tard qu'Edouard et se pla-
çait, modestement, de l'autre côté de la table,
mais pas sur la chaise exactement opposée. Enfin, le quatrième jour, il souleva la chaise qui
était juste en face d'Edouard et demanda :

— Cette place n'est pas prise ?

Edouard sourit et répondit avec élan :

— Elle vous attend, si vous le voulez bien.

Et, ce jour-là, dans le brouhaha du restaurant,
plein comme aux plus beaux jours, ils causèrent
longtemps, avec effusion, de choses sans importance apparente, mais lourdes d'un sens secret,
intelligible pour eux seuls.

Au dessert, Vanderkelen cria :

— Loisel, tu nous plaques !

Edouard rougit et ne répondit que d'un mouvement d'épaule. Il se pencha et dit à voix
basse :

— Ne faites pas attention : c'est un brave
garçon, mais sans grande malice.

— Oh ! fit l'inconnu, je n'avais même pas entendu...

— Vous sortez ? Sortons ensemble.

— Si vous voulez, répondit le jeune homme aux lunettes. J'ai encore plus d'un quart d'heure à moi.

Ils sortirent ensemble, à l'étonnement du Petit-Passe-Temps. Ils sortirent, comme des gens résolus à braver le scandale. Ce départ fut sévèrement commenté.

VI

Ah ! vous êtes chimiste ! Quelle admirable profession ! Pendant toute mon enfance, je me suis imaginé que je pourrais devenir chimiste. Je ne rêvais que fioles, cornues, éprouvettes, tournure de cuivre et grenaille de zinc. Ma mère en a décidé autrement. Dans son idée, c'était pour mon bien. Ne croyez pas que je lui en fasse grief ; c'est mon destin, voilà tout. Ma mère est une femme admirable, oui ! une femme peu ordinaire. Je n'ai pas toujours été un bon fils.

— Vous avez le grand bonheur de posséder encore votre mère. Moi, je suis orphelin depuis l'âge de dix ans. J'ai été élevé en pension.

— Orphelin ! Ah ! je m'en serais douté : vous avez l'air ferme et fort d'un homme qui s'est fait lui-même. Ne protestez pas, je sens bien qu'il y a, en vous, de la résolution, de l'obstination, du courage. Je sens cela parce que ce sont, justement, des qualités que je n'ai pas, moi, des qualités que je n'aurai jamais.

— Qualités si vous voulez, mais bien encombrantes, croyez-moi. Je les abandonnerais sans hésiter pour être doué d'imagination, de rêve, comme je vois bien que vous l'êtes. Je ne suis qu'un homme d'action, je suis trop précis, trop calculateur.

— Il faut cela quand on est, comme vous, un savant.

— Oh ! vous exagérez ! Je ne suis pas un savant.

— Je suis sûr que je n'exagère pas. Mais vous êtes modeste. Moi, si j'étais précis, calculateur, comme vous dites, savant et modeste par surcroît, je ne serais pas réduit à des besognes d'écriture.

— Vous êtes dans les écritures, dans les bureaux. Ah ! mais c'est très bien aussi.

— Vous dites ça pour me faire plaisir. Vous n'en pensez pas un mot.

— Je vous assure que vous vous trompez. Etre assis devant une table bien propre, bien en ordre...

— Il faudrait d'abord qu'elle fût bien propre, bien en ordre.

— ... Et n'avoir qu'à écrire, à méditer, à penser. Moi, je ne suis pas un penseur.

— Ecrire ! Méditer ! Penser ! Comme vous y

allez ! Vous vous faites bien des illusions sur ma besogne et à mon sujet. Oh ! Regardez donc comme l'eau est belle aujourd'hui ! Là, contre la péniche, on dirait la queue d'un paon. Et la grâce tranquille de toutes ces choses qui flottent, comme cela repose le cœur. Il y a des jours où la Seine est inspirée : avec la couleur d'une barque, trois nuages et le reflet d'un pont, elle improvise des choses admirables.

— Oui, vous avez raison : c'est épatant ! Eh bien, voilà justement des choses que, moi, je ne vois pas. Si vous ne m'aviez pas montré tout ça, je ne l'aurais jamais découvert tout seul.

— Mais si ! mais si ! Et puis ce n'a pas si grande importance. Vous, au moins, vous ne perdez pas votre temps à regarder des reflets dans l'eau. Moi, j'ai cette maladie, et voilà sans doute la raison pour laquelle je n'arriverai à rien de bon.

— Vous me faites sentir une chose que je n'avais jamais très bien comprise. Je travaille comme un bœuf au labour ; mais ma vie manque d'horizon. Je me démène au fond d'un trou.

— Et vous croyez que ma vie est plus claire. On voit bien que vous ne me connaissez pas.

— Je suis heureux, c'est certain, et pourtant il n'arrive de dire à ma femme...

— Ah ! vous êtes marié ?

— Oui, mais...

— Moi aussi je suis marié.

— Vous aussi ! Tant mieux !

— Pourquoi « tant mieux » ?

— Je ne sais pas. Pour rien. Ça me fait plaisir de savoir que vous êtes marié aussi. Vous avez des enfants ?

— Un petit garçon. Tout petit : treize mois.

— Et moi, une fillette de trois ans. C'est étonnant !

-- Oui, c'est curieux.

Les deux hommes firent quelques pas en silence. On eût dit qu'ils se recueillaient pour de sublimes confidences. N'avaient-ils pas mille choses à se dire, plus graves, plus urgentes les unes que les autres ? Mais le fil de l'entretien s'était trouvé mystérieusement rompu et chacun attendait, en souriant, que l'autre en renouât les bouts.

Le jeune homme aux lunettes plissa le front et regarda le ciel.

— Vous aimez ce temps-là, vous ?

L'accent de l'inconnu était mélancolique, comme chargé de réprobation à l'adresse de mars. Edouard n'hésita pas. Il ouvrit la bouche pour crier avec énergie : « Ce temps-là, je l'exècre. » Il commença même : « Ce temps-là... »

L'inconnu poursuivit dans un soupir :

— Le ciel gris, ce vent, rien ne me plaît davantage.

Et voici qu'Edouard s'entendit déclarer avec une conviction chaleureuse :

— Ce temps-là ! Moi, je l'adore.

Il s'aperçut même qu'en vérité il n'avait jamais autant aimé le fantasque ciel de mars et le vent bourru.

Edouard faisait, naturellement, de longs pas appuyés. Il posait ses brodequins sur le bitume avec une placide et un peu pesante autorité. Le jeune homme aux lunettes se surprit à étudier le jeu de ses muscles, comme un pianiste qui accompagne un chanteur pour la première fois. Il modifiait sa démarche et appliquait lui aussi, avec énergie, sur le sol, des souliers qui, à l'ordinaire, devaient traîner un peu et s'attarder.

— Un jour, dit l'inconnu, et si toutefois le projet ne vous déplaît point, je vous demanderai une grande faveur : celle de visiter votre laboratoire. Je voudrais vous voir au travail, parmi tous ces appareils délicats que vous devez manier avec tant d'adresse. Moi, je ne sais pas me servir de mes mains. Il y a dans ma vie un principe d'incertitude et de désordre.

— Oh ! pour la visite au labo, c'est entendu. Mais vous m'intimidez un peu : vous êtes sûrement très intelligent et, quand vous me verrez au travail, vous serez déçu. Il suffit que vous parliez d'une chose pour l'embellir.

— Ne dites pas ça ! Vous ne pouvez savoir à quel point vous vous trompez et quel chagrin vous me faites.

Un silence, et Edouard, soudain, à mi-voix :

— Voici justement, là-bas, la maison où je travaille : les laboratoires Vedel et Gayet. Vous voyez le grand portail ?

— Déjà ! Ah ! je me suis sans doute mis en retard, dit le jeune homme.

Il saisit la main d'Edouard et murmura précipitamment :

— Je ne le regrette point. Je vais me dépêcher. A demain, n'est-ce pas ?

Edouard s'écria de tout son cœur :

— A demain, sans faute !

Ce jour-là, tout en travaillant avec une application à laquelle ses doigts experts avaient la plus grande part, Edouard fit maintes réflexions : « Je ne lui ai, songeait-il, absolument rien dit d'intéressant. Il va me prendre pour un lourdaud, pour un égoïste. Je ne lui ai parlé que de mes affaires, de mes petits soucis. Il comprend tout, il voit tout ; moi, je reste là, comme une solive. Il semble posséder une profonde expérience de la vie et je ne lui ai fait que des réponses, des remarques de collégien. »

Ainsi pensait Edouard et, néanmoins, son visage était souriant, épanoui. On peut dire que, par un étrange contraste, si la lettre de ses réflexions était marquée d'inquiétude, l'esprit en demeurait pénétré d'allégresse. Pour la première fois il faisait, de sa propre personne, un examen sans indulgence, et, résultat paradoxal, il sortait, de cette épreuve, augmenté, ennobli.

Il se répétait : « Tu n'es qu'une bûche ! » et cela sonnait, en définitive, comme : « Tu es un garçon de mérite, un homme d'une grande valeur morale. »

Il conclut en quittant sa blouse : « Je me rattraperai demain. »

Le soir même, il décida de mettre Clémentine au courant des événements. Il choisit avec soin sa minute. Il lui parut qu'il allait faire à Clémentine une de ces révélations qui changent les lois du monde et le goût de la vie. Il se surprit cherchant ses mots d'avance et les disposant harmonieusement sur sa langue.

Le dîner fini, Clémentine travaillait à la dentelle, pour laquelle elle avait quelque talent. Edouard alluma sa pipe et commença :

— Figure-toi, Clémentine, que j'ai fait la connaissance d'un jeune homme remarquable.

Il y eut un long silence. Clémentine, du bout des lèvres, comptait ses points et ne semblait même pas avoir entendu. Edouard se leva, traversa la pièce et reprit avec ferveur :

— C'est un homme extrêmement intelligent, instruit, sensible. Il est grand, aussi grand que moi ; mais plus fin, plus distingué. Il n'a pas l'air très bien portant, et c'est dommage, car, doué comme il l'est, il peut aller loin. Il a le teint mat, une barbe brune qui lui va très bien. Il porte des lunettes ; il a de beaux yeux noirs, des yeux qu'on ne peut pas oublier quand on les a vus une

fois. Il a, pour mère, une femme admirable. Il
est d'ailleurs marié...

Clémentine articula paisiblement : « vingt-
six, vingt-sept, vingt-huit » et coupa un brin de
fil avec ses dents ; puis elle demanda, sans quitter de l'œil son ouvrage :

— Quel genre de situation a-t-il, cet homme-
là ?

Edouard, un peu interloqué, répondit :

— Il doit être secrétaire : il travaille dans un
bureau. Mais c'est un intellectuel.

Clémentine attendit un peu et reprit :

— Comment s'appelle-t-il ?

Edouard perdit pied :

— Je ne sais pas. Je ne lui ai pas demandé.

C'est alors que Clémentine leva la tête. Elle
jeta sur son mari un regard souriant, serein et
dit :

— Voilà comme tu es, toi, Edouard. Tu te lies
facilement avec des gens que tu ne connais
même pas.

Et Clémentine parla d'autre chose, car elle
n'avait ni venin ni rancune.

Ce fut tout pour ce soir-là. Dès le lendemain,
Edouard revint à la charge. Il fit une peinture
plus complète et plus éloquente, rapportant les
propos de son nouvel ami, invoquant ses goûts,
prenant texte de ses opinions. Clémentine,
comme de coutume, le laissa trotter, la bride sur
le cou ; puis elle posa des questions :

— Que fait-il ?

— Je te l'ai dit : il est dans les bureaux.

— Chez qui ?

— Je ne sais pas. C'est sans importance.

— Bon. Et comment s'appelle-t-il ?

— Oh ! Tu es entêtée. Il s'appelle Fromentin, ou Sabourin. Je ne sais plus au juste. Il me l'a dit, mais je l'ai oublié. Nous parlions, à ce moment-là, d'une chose si intéressante. Le nom, le nom, qu'est-ce que ça fait ?

Le troisième soir, la conversation reprit, avec le même élan de la part d'Edouard, la même réserve chez Clémentine.

— C'est, disait Edouard, un homme qui a dû beaucoup souffrir. Il y a, en lui, quelque chose de mystérieux et d'amer qui fait grande impression.

— En définitive, demanda Clémentine, est-ce Fromentin ou Sabourin ?

— Ni l'un ni l'autre, s'écria Edouard en levant les bras d'un air irrité. Il s'appelle Salavin, Louis Salavin.

— Ce n'est pas la même chose, fit observer Clémentine.

— Bah ! Ça se termine toujours en *in*. Louis Salavin. Cette fois, tu es contente ?

— Pourquoi pas ? répliqua Clémentine.

VII

L'HOMME qui venait de mentir se mit à siffler entre ses dents, avec beaucoup de désinvolture.

— A quelle heure penses-tu rentrer ? demanda Clémentine.

— Dix heures, dix heures et demie.

Son roman lui paraissant maigre, il entreprit de le nourrir :

— Dame ! Si la réaction n'est pas complètement arrêtée, il faudra que je patiente. Il y a trois ou quatre mille francs de camelote en jeu dans cette expérience.

— Je me coucherai, et je t'attendrai en lisant.

Il tira la porte, avec le sentiment de poser un point final. Mais l'imagination, mise en branle, continuait son office. Le mensonge avait de l'élan ; il ne s'arrêtait pas tout de suite de végéter, il poussait encore des rameaux : « Une expé-

rience sur le rendement industriel ! Eh ! eh !
Ça vaut le dérangement, madame ! On ne peut
pas confier de telles choses à un simple garçon
de laboratoire. Surtout que, pour saisir exactement le point où la réaction... »

Il sourit avec humeur : « Non... Vais-je me
figurer, maintenant, que c'est arrivé ? Je ne sais
pas bien mentir. J'y vais tout de suite de mon
voyage. »

Edouard ne mentait guère, et jamais à Clémentine. Son incontestable réussite lui procurait
encore moins de contentement que de malaise.
« J'aurais pu, songea-t-il, lui dire la chose tout
net. C'est si simple. » Mais, supputant aussitôt
ces trois heures de liberté dont il n'aurait aucu-
nement à rendre compte, il estima : « Ça vaut
quand même mieux ainsi. »

Il tira sa montre et s'arrêta sous un bec de
gaz : « Il n'est que sept heures et demie ; je
pourrais passer au laboratoire, en coup de vent,
bien que je n'aie rien à y faire. Comme cela, je
n'aurais pas tout à fait menti. » La vanité du
stratagème le fit sourire ; il préféra, pour recou-
vrer la paix, admettre une conclusion gaillarde :
« Du moment qu'il ne s'agit pas d'une histoire
de femme, il n'y a pas mensonge, somme toute. »

Il se remit en marche, allègre soudain, équi-
libré, tel un navire dont la cargaison est en ordre.

On était au début d'avril. Le monde nocturne
avait encore son visage d'hiver ; mais, de temps

en temps, une bouffée de vent passait, chaude et charnelle comme le souffle d'une bouche.

Edouard gagna le Luxembourg et en longea les grilles. Le jardin endormi exhalait une odeur de verdure naissante et de terreau mouillé, une odeur plus forte qu'un rêve et si poignante qu'Edouard ralentit le pas. Il respira profondément, à plusieurs reprises. Sa vie endiguée lui parut, pour la première fois, uniforme et par trop vide d'aventures. Il en souffrit pendant une minute entière, ce qui est contraire à la « bonne technique ».

Nouvel arrêt sous un bec de gaz. Edouard consulta sa montre, se jugea en retard et adopta un pas accéléré incompatible avec le fonctionnement normal de l'esprit. Et ce fut ainsi jusqu'à ce que l'horloge d'un magasin lui démontrât qu'il était ridiculement en avance. Il ralentit le pas, combina quelque ingénieux repli de l'itinéraire, s'appliqua plusieurs injures modératrices et s'aperçut que, depuis dix minutes au moins, il se mordillait l'extrémité des doigts, ce qui ne lui était pas habituel. Edouard aimait la méthode, mais n'avait pas de tic.

« Pourquoi ce rendez-vous ? songeait-il. Et de quel air me l'a-t-il demandé ! Pourquoi ce mystère ? Oh ! l'étrange garçon ! »

Bien qu'il hochât la tête, il souriait et son cœur se gonflait d'enthousiasme.

Comme il arrivait devant l'église Saint-Germain-des-Prés, la pluie se mit à tomber. Il obliqua vers la statue de Diderot. « Personne encore ! Je suis en avance. »

Pendant près d'un quart d'heure il tourna, tantôt de droite à gauche et tantôt de gauche à droite, autour du piédestal. Il embrouillait des réflexions disparates, comme si la pluie eût atteint le lieu de ses pensées, les faisant déteindre les unes sur les autres : « Voici trois ou quatre jours qu'il a l'air sombre et même malheureux. — Diderot. Oui ! un grand esprit ! — Il m'a, plusieurs fois, serré la main avec une sorte de colère ou de désespoir. Que veut-il donc me dire ? — Pas lu beaucoup, pas assez de Diderot. — Ça ne fait rien, c'est quand même un type épatant. Tiens ! cette manière de me mordiller les doigts, serait-ce lui qui me l'aurait passée ? Il semble toujours accablé de souvenirs douloureux. — Ces femmes sont insupportables avec leurs parfums chimiques mal faits. — Ah ! qu'y a-t-il donc d'écrit, là, sur le socle de Diderot ? *Bouche d'incendie !* Mon Dieu, comme ça tombe bien ! Comme c'est drôle ! Je vais lui faire remarquer cela dès qu'il arrivera. Il ne vient pas. Ah ! le voici ! Non ! Si, si ! C'est bien lui ! »

Salavin traversait la place. Edouard poussa un soupir de soulagement et son visage s'épanouit.

— Je suis en retard, dit Salavin. Excusez-moi et ne me serrez pas la main : serrer une main mouillée, c'est affreux.

— Oh ! moi, ça ne me fait rien, protesta
Edouard dans un élan de cœur.

— Vous n'avez pas de parapluie ? Venez vous
abriter sous le mien. Ma femme m'a forcé de le
prendre. Quelle horreur ! Cet instrument me
rend honteux et ridicule.

— Voulez-vous que nous entrions dans un
café, dans une brasserie ?

Salavin secoua la tête avec effarement :

— Non ! Marchons ! J'ai besoin d'être seul
avec vous. Seul et tranquille.

Ils s'enfoncèrent dans le lacis des petites rues
qui crevassent le pâté de constructions, entre le
boulevard Saint-Germain et la Seine. La pluie
tombait toujours, tiède et sans hâte. Edouard
avait passé son bras sous le bras de Salavin qui,
après quelques tressaillements, ne chercha plus
à se dérober. Ils cheminèrent d'abord en silence.
Puis Edouard :

— Je n'aime guère la pluie. Et pourtant, ce
soir, elle me plaît. Voilà une promenade peu ordinaire pour deux amis.

Salavin étreignit avec violence le bras d'E-
douard, s'arrêta, murmura, très vite et très bas :

— Ne parlez pas de notre amitié, Loisel. Je ne
peux pas être votre ami.

Edouard ouvrit la bouche et demeura stupide.

— Oui, je sens que vous allez me prendre en
affection. Eh bien, croyez-le, Loisel, ce n'est pa
possible. Je vous ai fixé rendez-vous, ce soir, pou

vous le dire moi-même. Il est encore temps de renoncer.

Il ferma son parapluie et se remit en marche, offrant à l'averse un visage tout contracté de résolution. Edouard était muet, oppressé, soudain malheureux. Il rassembla ses idées et dit avec effort.

— Vous avez, je suppose, quelque grave raison.

— Des raisons ! Il y en a cent, il y en a mille.

— Je ne comprends pas.

— Si, vous comprenez, mais mal. Et vous pensez sans doute que je suis un criminel qui se cache, que j'ai commis un vol, une escroquerie, un meurtre. Ah ! ce n'est pas cela !

— Non, ce n'est pas cela : j'en suis bien certain.

— C'est peut-être pis. Je vous le répète : je ne suis pas un ami pour vous. Il n'y a, en moi, aucune possibilité d'affection. Vous ne savez rien de moi.

Edouard avait trente ans et une âme droite, ménagée par la passion. Il se sentit envahi par un étonnement voisin de la détresse et secoua la tête.

— Non, dit-il, non, je ne sais rien de vous, c'est vrai. Mais j'ai l'impression que vous êtes en train de vous torturer inutilement et que ce n'est pas la première fois.

— Je ne me torture jamais seul, Loisel. Je torture les autres aussi. Je n'ai jamais été un bon

fils. Je ne suis pas un bon mari. Je ne serai pas
un bon père. Je suis un ami terrible, ou, ce qui
est encore plus vrai, je ne suis pas un ami.

— Enfin, dit Edouard avec émotion, qu'avez-
vous fait pour parler ainsi ?

— Je vous l'ai dit, je ne peux vous expliquer...
« Avoir fait ? » Je n'ai rien fait. C'est plus grave,
plus grave que tout. Je n'ai pas le cœur pur.
C'est une chose que vous ne pouvez pas même
imaginer.

Edouard hocha la tête.

— Il me semble, dit-il, que j'imagine assez
bien...

— Non, s'écria Salavin avec une violence or-
gueilleuse. Il n'y a que moi pour comprendre ce
qui se passe en moi. Et ce n'est pas beau.

Ils s'étaient repris à marcher, si bien en proie
à eux-mêmes qu'ils ne faisaient plus attention
à l'averse, ni aux passants, ni aux jeux de l'ombre et des lumières.

— Vrai, reprit Salavin, il m'en coûte de vous
entretenir ainsi de moi, et de vous importuner,
de vous blesser peut-être. Vous m'avez plu.
Vous m'avez touché. Vous m'avez, trois semaines durant, donné des illusions sur moi-même et
de l'espoir. A quoi bon ? J'ai réfléchi. Je me suis
représenté votre vie, droite, saine, et j'ai pensé
que devenir mon ami, ce ne pouvait, en aucune
façon, être une bonne chose pour vous.

— Maintenant, dit Edouard, je commence à

deviner. Vous êtes un homme dévoré de scru-
pules. Vous vous jugez avec sévérité, parce que
vous avez, tout au fond, une trop belle idée de
vous-même. Ah ! je ne me suis pas trompé : jamais je n'ai rencontré quelqu'un qui vous vaille.
Et, pourtant, vous parlez de me quitter.

Salavin secoua la tête avec exaltation.

— Je vous ai parlé de ma mère, de ma femme,
de mon enfant ; mais vous ne connaissez rien
de ma vie passée. J'ai vécu dans une déchéance
voisine de l'abjection. J'ai abandonné les miens,
roulé dans des bas-fonds que vous ne pourriez
visiter sans horreur. J'ai été le plus pauvre, le
plus faible, le plus lâche des hommes.

Il se raidit tout à coup et murmura :

— Je n'ai jamais bu. Ça non ! Qu'importe !
il y a pire ivrognerie que celle de l'alcool.

Et, par bribes de phrases, avec des arrêts, des
reprises, une rage d'aveu, d'humilité, il se mit à
raconter une misérable histoire de fautes, de situation gâchée, d'oisiveté, de besognes dégra-
dantes, de remords, de résolutions avortées, de
pensées troubles. Edouard marchait à ses côtés
et faisait craquer ses doigts, par contenance. Il
était angoissé, stupide et saisi d'une pitié absurde
qui ressemblait à de l'admiration. Il s'écria :

— Taisez-vous ! Taisez-vous ! Quelle passion
avez-vous donc de vous défigurer vous-même ?
Vous n'êtes ni fou ni malade. Vous êtes un
homme comme les autres, meilleur que les

autres, peut-être, et voilà pourquoi vous souffrez.
Et puis, qu'importe ce passé ? Vous vivez, maintenant, une vie pleine et nette : vous travaillez,
vous avez une femme et un enfant.

— C'est peut-être, dit Salavin, la plus grande
faute de ma vie. Avoir fait un enfant quand on
est Salavin, c'est une espèce de crime, n'en dou-
tez pas.

— Mais non ! Dites-vous, au contraire, que
vous êtes sur un chemin tout neuf. Dites-vous,
répétez-vous que tout le reste doit s'oublier, que
vous êtes sauvé.

— Je ne sais pas. Je ne me crois pas sauvé.

Salavin laissa passer quelques secondes et dit
d'une voix étrange :

— Il y a, dans la déchéance, une douceur que
vous ne pouvez imaginer.

Il ne pleuvait plus. Les deux hommes se trouvaient alors sur le bord de la Seine, accoudés au
parapet, entre des boîtes de bouquinistes. Ils en-
tendaient le fleuve fuir en rampant, au-dessous
d'eux. Un long moment s'écoula pendant lequel
Salavin alluma une cigarette. Il semblait plus
calme et comme assouvi. Edouard se tenait la
tête à deux mains, regardant, devant lui, remuer,
dans l'ombre, des pensées nouvelles qu'il s'efforçait de saisir. Il se redressa :

— Vous êtes venu ce soir, dit-il, vous êtes venu
vers moi pour me détacher de vous et me dire
adieu. Vous vous y êtes mal pris. Si je vous lais-

sais partir pour de bon, il me semble que je n'aurais plus qu'à douter de moi tout le restant de mes jours. Non ! Taisez-vous ! C'est mon tour, maintenant. A vous entendre parler, j'ai compris beaucoup de choses. La principale est que je n'ai jamais eu d'amis. Je n'ai que des camarades de travail ou de jeu. Il me faut un ami. Vous, et pas un autre. Je viens d'entrevoir ce que pourrait être l'amitié. Vous n'allez pas vous dérober, maintenant que je vous tiens. Vous n'allez pas m'empêcher de vous aider, maintenant que j'en ai, mieux que le désir, le besoin. Entendez-vous ? Le besoin !

Salavin ébaucha un geste vague de la main, Edouard saisit cette main et la garda, raide et comme refusée, entre les siennes. S'enivrant peu à peu de ses paroles, il parla longtemps, avec l'ardeur d'un homme qui vient de se découvrir une vocation. Il sentait la résistance de Salavin fondre et la main qu'il étreignait s'assouplir, s'abandonner, s'échauffer, rendre enfin une pression timide puis fervente.

— Et surtout, surtout, dit-il en achevant son plaidoyer, nous ne reparlerons jamais de cette soirée. Notre amitié commence. Tout est neuf. Tout est à faire. Allons, répondez !

Salavin leva sur Edouard un regard brillant.

— Merci, dit-il, je veux bien.

Ils étaient revenus à leur point de départ, devant l'église Saint-Germain-des-Prés. Suivant le rythme exaltant de ses pensées, Edouard marchait maintenant à grands pas victorieux. Salavin lui mit une main sur l'épaule et l'arrêta.

— Merci, répéta-t-il. J'accepte. Mais laissez-moi m'en aller de mon côté, maintenant.

Et, comme Edouard le regardait avec étonnement.

— Je suis heureux et j'ai besoin d'être seul pour mieux penser à vous. Partez par là. Moi, je m'en irai d'un autre côté. Merci !

Edouard se retrouva seul. Il songeait : « Me quitter pour mieux penser à moi ! Ah ! l'étrange garçon ! Mais il doit avoir raison ; cela vaut mieux ainsi. » Il eût préféré sans doute dépenser de compagnie la grande joie qui lui remplissait le cœur ; il trouva pourtant la conduite de Salavin curieuse et même « originale ». Il secoua la pluie qui alourdissait son chapeau, alluma une pipe et repartit, faisant tournoyer sa canne pour satisfaire à son besoin de gesticulation. A voix couverte, il chanta quelque chose de mâle et de conquérant. Il était tout à fait content de soi. Sa vie lui semblait enrichie et, incomparablement, plus belle que celle des gens qu'il croisait sur son chemin. Comme il remontait la rue de Rennes, il se surprit à murmurer : « Oh ! l'étrange garçon ! Un saint ! Oui, un saint. J'ai lu quelque part, il me semble, l'histoire d'un saint qui ressemblait à cet homme-là. »

VIII

Par le boulevard Saint-Germain et la rue Monsieur-le-Prince, Salavin remonta d'une traite jusqu'en vue du Panthéon. Là, son allure se ralentit. Il entrait dans son pays, dans ce vieux quartier où il avait si souvent et si longuement erré, comptant les pavés, écoutant la rumeur des bouches d'égout, regardant, derrière les vitres de chaque boutique, se flétrir au long du temps des visages humains, butant de pas en pas contre ses rêves, remettant en question, d'une rue à l'autre, toutes ses décisions et toutes ses espérances.

Plus fort que partout ailleurs, Salavin ressentait, sur la colline Sainte-Geneviève, cet engourdissement, horrible et délectable, qu'il appelait « le mal de la rue » et qui lui procurait un avant-goût du néant.

Ce soir-là, pourtant, le mal de la rue n'eut, sur Salavin, qu'une action superficielle. Rien qu'une

réminiscence, une simple allusion que l'on perçoit et que l'on déjoue.

Il évita la rue Soufflot, dont le vide pompeux
lui était hostile, et, par la rue des Fossés-Saint-
Jacques, plus douce qu'un baume au cœur irri-
table, il gagna la rue Lhomond, où le silence est,
la nuit, celui des caveaux.

Peu après, la rue du Pot-de-Fer s'ouvrit au
jeune homme, déserte et luisante de pluie. De la
rue Mouffetard arrivaient les hennissements d'un
orgue mécanique. Ce bruit n'empêchait pas d'entendre l'eau gargouiller dans les gouttières et
ruisseler sur les masures ; car les vieilles maisons de ce quartier, toutes inclinées en arrière
et appuyées les unes aux autres comme des in-
firmes dos à dos, offrent aux injures du ciel un
visage résigné.

Salavin habitait rue du Pot-de-Fer depuis son
enfance. Sonner, mouvoir la lourde porte para-
lytique, cheminer dans le corridor où l'on compte
exactement dix pas avant de tourner à gauche,
monter quatre étages dans une obscurité plus
dense que celle, vertigineuse, des cauchemars,
c'étaient, pour Salavin, de ces actes que la bête
accomplit seule : l'âme la devance et patiente
comme un chien, là-haut, devant la porte.

La maison de Salavin était antique et usée.
Les musiciens assurent que le bois des violons
conserve le souvenir sonore des harmonies dont
l'archet savant les abreuve. De même, la vieille

demeure semblait vibrer encore de tous les cris que vingt générations y avaient poussés pour naître, enfanter et mourir. La souffrance, les soucis, l'inquiète joie des hommes l'avaient, depuis plus de cent ans, imprégnée jusqu'à son ossature de chêne que parcouraient, le soir, des craquements douloureux. Les arêtes des murs étaient émoussées par les replâtrages et les badigeons successifs. L'espace habitable y semblait non pas ménagé par les maçons, mais creusé à même la rocaille par des bêtes industrieuses. En s'arrêtant sur les paliers, on pouvait entendre, dans le silence nocturne, à travers les portes minces, soit les plaintes d'un nourrisson, soit les chuchotements de deux époux, soit la toux ou les soupirs d'un dormeur.

Un filet de clarté rayait l'ombre, au quatrième étage, sous la porte de Salavin. Le jeune homme heurta légèrement le bois, du bout de l'ongle, et attendit, retenant son haleine.

Tout de suite la porte s'ouvrit et Salavin aperçut, à contre-jour, la silhouette de Marguerite, sa femme. Elle était blonde et ses beaux cheveux légers retenaient les rayons de la lampe et formaient autour de sa tête, une vapeur lumineuse.

Salavin retira son chapeau et son pardessus, puis il prit dans ses bras Marguerite et l'étreignit longuement, en silence. La jeune femme se mit à trembler et dit avec angoisse :

— Qu'y a-t-il, Louis ? Vite ! Qu'est-il arrivé ?

Elle s'était dégagée et, tenant Salavin à distance, l'enveloppait d'un regard chargé de sollicitude et de tristesse. Il l'étreignit encore, le visage grave. Elle lui rendit son baiser, lui posa sur le front une main fine et fraîche et reprit, d'une voix qu'elle s'efforçait d'affermir :

— Parle, Louis, je t'en prie. Qu'est-il arrivé ?

Salavin sourit.

— Rien de mauvais. Au contraire.

Il entraîna Marguerite dans la salle à manger. C'était une pièce de dimensions médiocres, éclairée par une lampe suspendue sous laquelle s'élargissait un cône d'ombre. Près de la table, une machine à coudre assoupie, un carré de toile écrue entre les dents. Aux murs, deux grandes photographies et une vieille peinture enfumée représentant un lac au milieu des montagnes, avec un sapin déraciné. Il y avait encore un buffet pesant et un fauteuil Voltaire aux joues luisantes.

Marguerite poussa son mari dans le fauteuil et s'assit à ses pieds, sur un petit banc. Elle répétait, souriant maintenant de tout son beau visage épanoui :

— Mais parle donc !

Il leva les bras.

— Rien ne presse, puisqu'il s'agit d'une bonne nouvelle.

Il lui prit la tête à deux mains et lui dit quelques mots, bouche contre oreille.

— Oh ! s'écria Marguerite avec élan. Moi qui te connais, moi, cela ne m'étonne pas.

— Où est maman ? demanda Salavin. Elle n'est pas couchée ?

— Non, elle vient seulement de s'en aller.

— Appelle-la, veux-tu ?

Marguerite passa dans la pièce voisine et, de son dé à coudre, heurta discrètement la cloison.

Depuis deux ans, depuis le mariage de son fils, Mme Salavin habitait l'ancienne chambre de Marguerite, abandonnant aux jeunes gens le petit logement où s'était consumée presque toute son existence. Elle passait la plus grande partie du jour en compagnie de sa belle-fille et, le soir, se retirait dans sa chambre pour y penser à ces choses auxquelles pensent les vieilles femmes et s'endormir enfin dans le haut lit paré d'un couvre-pied de dentelle au crochet.

Parfois, chaussant ses lunettes, elle entr'ouvrait les tiroirs d'une commode d'autrefois, une commode pleine de bibelots étranges et qui semblaient dépourvus de signification : un sou percé semblable à tous les sous percés, une crécelle brèche-dent, un citron sec et noirci, ceint d'une faveur déteinte sur laquelle se lisait une date, un petit panier rempli de cailloux, une boîte dans laquelle jaunissait, sur un coussinet de coton, quelque chose qui ressemblait à une dent de lait.

Elle considérait longtemps ces menus objets rangés, comme les événements d'une vie, dans un ordre mystérieux et, selon qu'il se fixait sur l'un ou l'autre, son regard se colorait de plaisir ou de mélancolie.

La vieille dame, ce soir-là, fut tirée de sa rêverie par le peu de bruit que fit Salavin en pénétrant chez lui. Peu après, comme elle soulevait ses lunettes en soupirant, elle perçut, à travers la cloison, un choc rituel et familier. Elle n'attendait que ce signal et sortit aussitôt.

Salavin était toujours assis dans le fauteuil Voltaire. Marguerite le regardait avec des yeux illuminés de larmes. Il y eut un silence durant lequel l'eau de la bouillotte, sur le poêle, fit entendre une infime musique qui, pourtant, ressemblait au bruit d'un immense et majestueux orchestre dans le lointain.

Mᵐᵉ Salavin considérait attentivement le visage de son fils, et elle se mit à sourire.

— Mère, dit Marguerite, Louis a un ami ; un vrai, un bon, un fidèle ami.

— Mieux que ça, dit Salavin doucement, un ami que j'aime.

Il y eut un nouveau silence. Mᵐᵉ Salavin s'approcha du fauteuil, posa la main sur la tête de son fils et dit :

— Tu vois bien !

Elle ajouta :

— Tu as chaud à la tête et tes souliers sont mouillés. Déchausse-toi. Nous allons te faire du thé.

Salavin se mit à parler avec exaltation :

— Je lui ai tout dit, tout raconté et il m'aime mieux qu'auparavant.

— Tout dit ! répéta la vieille dame en souriant. Et qu'est-ce donc que ce « tout », mon Dieu ?

— Tout moi, murmura Salavin.

Il éleva la voix, joyeusement, de nouveau :

— Vous le verrez ! Vous l'aimerez ! Ah ! qu'il est bien ! Comme il est fort ! Quel bon naturel ! C'est un homme sur l'épaule de qui l'on peut s'appuyer. Un homme sans arrière-pensée. Un cœur pur. Il me comprend, je le sais, et il m'aime quand même.

Salavin parla longtemps. Marguerite lui servit une tasse de thé brûlant qu'il avala sans y prendre garde. Il faisait des gestes comme pour peindre, sur l'ombre des murailles, tantôt à larges coups de brosse, tantôt à la pointe des plus fins blaireaux, un portrait d'Edouard, un portrait digne de l'amitié.

Les deux femmes écoutaient en souriant, Marguerite avec une félicité sans réserve, Mme Salavin avec une nuance d'inquiétude, car elle connaissait son fils et elle craignait qu'à tant l'exprimer il n'usât trop vite cette joie magnifique.

Il y avait deux beaux silences. On percevait alors l'haleine du foyer et les efforts que semblait faire la bouillotte pour chasser un fil d'entre ses lèvres de cuivre.

— Couche-toi, Louis. Couche-toi, maintenant, dit Mme Salavin. Le bonheur te fatigue plus que la souffrance.

Elle embrassa les jeunes gens et se retira.

— Viens voir l'enfant, dit Salavin.

Ils passèrent dans la chambre et se penchèrent sur un petit lit. Un enfant aux traits délicats, aux paupières mau... s bordées de longs cils cambrés, dormait, un doigt dans la bouche. De temps en temps, il poussait un soupir et esquissait, des lèvres, un mouvement de succion. Fût-ce la chaleur des haleines qui l'enveloppaient soudain, ou l'effet de la lampe, il se mit à sourire.

— Vois, dit Salavin. Il est content, ce soir, lui aussi.

— Louis, s'écria Marguerite, Louis, tu dis parfois que tu es méchant et, pourtant, tu ne peux savoir à quel point, ce soir, nous sommes heureuses à cause de toi.

— Tais-toi ! Tais-toi ! Il ne faut pas provoquer le destin.

Mais ils ne pouvaient se taire et longtemps, cette nuit-là, ils s'abandonnèrent à l'une de ces conversations à voix basse où les âmes se déroulent, s'enlacent dans l'ombre et le silence, comme des bêtes marines au plus noir de la profondeur.

IX

UNE horloge frissonne, au cadran historié, râle comme si elle allait mourir ; puis elle lâche huit consonnes sèches, sans timbre, d'un ton militaire.

Salavin sent le tranchant de ses ongles entamer la toile cirée. Il laisse vagabonder sous la table deux pieds enragés d'inquiétude. Il a fini de manger depuis longtemps. Il saisit son couteau et en frappe, sur son assiette, de petits coups réguliers, plus rapides qu'un cœur fiévreux. Mᵐᵉ Salavin a les dents usées, elle mâche avec circonspection. Le jeune homme ne peut plus se contenir ; il dit d'une voix blanche, un peu rauque :

— Ah ! Dépêchons-nous ! Dépêchons-nous !

— Louis, répond Marguerite, tu sais que l'horloge avance d'une bonne demi-heure.

— Crois-tu ? demande Salavin.

— Mais oui.

Il le sait. Il en était sûr la veille encore. Ce soir, il doute de tout, sauf de son impatience.

La vieille dame se lève et secoue les miettes accrochées à sa robe. Elle assure qu'elle n'a plus faim. Salavin rougit de honte :

— Excuse-moi, mère. C'est plus fort que moi. Assieds-toi. Mange encore. Nous ne sommes pas si pressés.

— Je n'ai plus faim, mon Louis.

— C'est bien vrai ?

— Bien vrai.

— Alors, dépêchons-nous. Vous ferez la vaisselle. Je rangerai la maison. Je vais vous aider. Je vais préparer le service à thé.

Il est encore rouge, mais de joie. Ses mains tremblent un peu. Il va casser la carafe. Il la casse.

Il n'est donc qu'un maladroit ! Un crêpe gris s'étend sur la face des choses. Salavin souhaite d'être un autre homme. Il ramasse les morceaux de verre, en dévorant sa lèvre inférieure. Marguerite dit gaiement :

— C'est la carafe fêlée. Bon débarras !

Salavin retrouve l'équilibre. Sa faute n'est pas si grave qu'il a pu le croire. De nouveau, la lumière sourit dans son cœur, ce cœur farouche que, tour à tour, mille aiguillons lacèrent et mille baumes lénifient.

— Dépêchons-nous. Ils doivent être ici vers

huit heures et demie. Edouard est l'homme le plus exact que je connaisse.

Il court derrière le balai de Marguerite, ramasse un fil, une miette de pain. Et, soudain, tout est prêt : la maison est en ordre et il n'est que huit heures moins le quart. Les Salavin seront ridiculement en avance. Ça vaut mieux. Le jeune homme erre dans le logis, déplace une chaise, rectifie l'aplomb d'un cadre, met les mains dans ses poches, les retire, les remet. Ah ! la lampe de la salle à manger file un peu. Celle de la chambre, la toute petite lampe en forme d'œuf, est trop basse et mal mouchée : elle sent quelque peu le pétrole. Salavin l'éteint, la démonte ; le verre est chaud, il s'y brûle les doigts. La mèche est irrégulière, il faut la couper. Où sont les ciseaux ? Ah ! mon Dieu, les Loisel vont arriver et toute la maison sentira le pétrole. Les doigts de Salavin enveloppent la lampe de soins meurtriers. Il a l'air d'un jongleur ivre. Mme Salavin veille, par bonheur ; elle se chargera de tout. Salavin pousse un soupir et court se laver les mains à la cuisine. L'odeur du pétrole est tenace. Impossible de s'en défaire. De l'eau de Cologne. Oui ! Non ! Parfumé comme une catin. Ce n'est pas son genre. Un peu de savon minéral plutôt. Il n'y a plus de savon minéral. Il n'y a jamais rien dans cette maison !

Il regagne sa chambre où l'ordre est rétabli. Il roule une cigarette et l'allume. Tout va sentir

le tabac. Que pensera la femme d'Edouard ? Il
jette la cigarette et se couche sur son vieux canapé. C'est ainsi qu'il attendra, calmement. Il
n'est que huit heures moins cinq.

Il rêve. Un rêve plein d'amertume. Edouard
va venir. Il va parcourir la hideuse rue du Pot-
de-Fer, chercher longuement la maison. Quoi !
pensera-t-il, c'est donc là qu'habite Salavin, dans
cette baraque pourrie ! Il va s'engager avec hésitation, peut-être avec dégoût, dans le corridor
mal éclairé. Il perdra bien cinq minutes à chercher la concierge, qui loge au premier étage. Et
quelle concierge ! Cette misérable sorcière
impotente. Ah ! grands dieux ! Sommes-nous
donc responsables des maladies et des erreurs
de notre concierge ? Pourvu, surtout, pourvu
qu'il ne regarde pas dans la loge, qu'il ne sente
pas trop l'offensante odeur de chou qui règne
dans cette loge ! Pourvu que la concierge soit
polie et qu'elle ne lance pas quelqu'une de ces
grossièretés qui lui ont valu, dans tout le quartier, un renom de bête rogneuse ! Et la femme
d'Edouard ? Que va-t-elle penser de l'escalier ?
Pourvu qu'elle ne voie traîner ni un papier ni
une épluchure ! Il y a, au deuxième étage, une
marche sur laquelle on trébuche sérieusement.
Et ce gaz qui n'éclaire pas, qui siffle, qui chuinte
et qui fait danser, sur le mur, l'ombre écarquillée
de la rampe.

Salavin est triste jusqu'au désespoir. Jamais il

n'aurait dû accepter cette amitié, la laisser gagner son cœur, sa vie et jusqu'à sa vieille maison, ce repaire, cette caverne. Ah ! vraiment, avoir un ami, un véritable ami, c'est trop difficile, trop compliqué, trop dangereux ! Et ce rôle à soutenir, ce rôle d'homme supérieur qu'Edouard lui assigne, lui impose ! De quel droit Edouard a-t-il décidé que Salavin serait un homme supérieur ? Toute l'amitié de Salavin a, ce soir, le visage de la rancune.

Et la machine à coudre !

L'idée de la machine à coudre traverse le cœur de Salavin comme une flèche empoisonnée. Il est tout à coup sur ses pieds. Il vole dans la salle à manger.

— Maman ! Marguerite ! Il faut cacher la machine à coudre.

— Pourquoi donc, mon enfant ?

Oui ! Pourquoi ? Salavin balbutie et baisse la tête. Il cherche une raison péremptoire et trouve celle-ci :

— Elle n'est pas esthétique.

— Où la mettre ? demande Marguerite toujours conciliante.

Salavin pousse la machine à coudre au milieu de la pièce. Des yeux, il cherche quelque coin obscur où la dissimuler. Il n'y a pas de coins obscurs. La machine est immobilisée en travers de la vie de Salavin, comme un os de lapin arrêté dans la gorge d'un mangeur.

Et, juste à ce moment, on sonne. Salavin voudrait pleurer de rage. Il ira ouvrir lui-même. Que les femmes se débrouillent avec cette infernale machine à coudre.

Salavin passe dans l'entrée et, tout à trac, ouvre la porte. Ce n'est pas Edouard. C'est le locataire du troisième qui monte le courrier du soir : une feuille de contributions. Salavin regagne la salle à manger. Son visage s'éclaire : il n'y a plus de machine à coudre. Mᵐᵉ Salavin vient de jeter sur l'objet maudit un vieux châle-tapis qui a fort bon air. On a coiffé le tout d'un cache-pot en faïence. Il n'y a plus de machine à coudre ; Salavin respire. Il embrasse sa mère, il embrasse Marguerite.

— Ah ! Je suis bête, bête. Pardon !

Il passera toute sa vie à gronder et à demander pardon.

On sonne. Ah ! cette fois, ce coup de sonnette gaillard, ce coup de sonnette courtois mais autoritaire, allègre sous sa réserve, ce coup de sonnette précis, c'est Edouard. Ce ne peut être qu'Edouard.

C'est lui.

Il entre. Ils entrent. Car voici, derrière Edouard, cette ombre mystérieuse qui est comme un autre visage d'Edouard, un visage encore inconnu et, par cela même, redoutable.

L'ombre mystérieuse est une femme bien vivante. Elle s'appelle Clémentine. On la présente ;

on se présente. L'antichambre minuscule est pleine de poignées de main et de révérences qui refluent tout de suite dans la salle à manger. Les deux visiteurs apportent avec eux une grosse bouffée d'air froid qui se dissout peu à peu dans l'air de la maison, le baptise, le tempère.

Et voilà cinq personnes assises avec cérémonie autour de la table sur laquelle le service à thé, bien modeste, est dressé d'avance.

Un silence. Une minute d'angoisse. Salavin donnerait tout au monde pour que cette minute fût passée. Il regarde ces quatre visages sur lesquels le sourire fait des plis, comme la peau qui vient sur le lait.

Salavin a tort de s'inquiéter : le sourire n'est pas seulement en surface ; il est dans la pâte, il est dans les cœurs. Edouard prononce tout de suite une chose étonnante.

— Quel quartier pittoresque !

Il a dit « pittoresque » ! Ah ! le cher garçon ! Comme il sait toucher juste ! C'est pourtant vrai que la rue du Pot-de-Fer est pittoresque. Mais une ombre persiste au cœur de Salavin : il sait que l'on juge pittoresques des pays que l'on ne voudrait habiter à aucun prix. Or Edouard poursuit :

— Ceux qui ne viennent jamais se promener dans nos vieilles rues ne peuvent dire qu'ils aiment Paris.

« Nos vieilles rues », comme cela plaît à Salavin ! Clémentine approuve de la tête et ajoute ceci :

— Ces maisons anciennes ont vraiment beaucoup de cachet.

Salavin regarde Clémentine à la dérobée. N'y a-
t-il pas, sur cette bouche fine, un peu mince, quelque chose — un rien — de protecteur ? Non !
sûrement non, Salavin se trompe. Toute son
angoisse fond comme du beurre à la poêle. Il
ébauche un couplet d'un lyrisme contenu sur le
pays Mouffetard. Puis, d'une voix réticente :

— Notre concierge est vieille et malade.

— Elle s'est montrée charmante, assure Clémentine.

Tout va bien. Salavin entonne, dans le secret
de son âme, un hymne de gratitude et de triomphe. Autour de lui, les visages se détendent,
s'abandonnent. Mme Salavin contemple Edouard
et la femme d'Edouard ; son regard est celui
d'un orfèvre qui touche un lingot. « Qui êtes-
vous ? L'aimerez-vous ? Que ferez-vous de lui ?
Que lui demandez-vous ? »

Marguerite cherche ce qu'elle pourrait dire
d'engageant, de cordial à cette jeune femme inconnue qu'il va lui falloir aimer, puisque c'est
la femme de l'ami de son mari. Alors, avec un
gracieux élan :

— Venez ! Je vais vous montrer mon petit
garçon.

La minute suivante, les deux femmes rentrent
dans la salle à manger, les yeux éblouis par
l'éclat de la grande lampe. Marguerite est rayon-

nante et Clémentine répète, avec l'assurance de
quelqu'un qui s'y connaît :

— Il est tout à fait bien, et d'un joli type.

Entre les cinq personnages, il y a un grand,
un vrai désir de concorde affectueuse. Cela ne
suffit pas. Ils ne savent que se dire. De longues
minutes passent qu'un sourire ne peut combler.
Salavin s'inquiète. Il s'agite sur sa chaise. La
conversation vit d'expédients. Salavin dit : « Tu
peux fumer, Edouard », et, comme Edouard
accepte tout de suite et allume une cigarette, le
silence revient, sournoisement. Salavin dit encore : « Nous n'avons pas l'électricité dans cette
masure. » Ah ! il est bien évident qu'elle n'y est
pas, l'électricité. Salavin dit enfin : « Il n'a pas
plu depuis deux jours, heureusement » et cette
phrase, dont la prononciation lui a coûté des
peines infinies, le plonge dans la détresse. Quoi !
Avoir chez soi, dans sa maison, son cher ami, et
la femme de son cher ami, et ne trouver à leur
décocher que cette phrase valeureuse sur la
pluie ! Ah ! c'est indigne, c'est misérable. Au secours ! Au secours !

Le secours tombe du ciel, Salavin est saisi
d'inspiration. Il s'écrie :

— Viens dans ma chambre : je vais te montrer mes livres.

Salavin sent qu'il est sauvé. Il a, du fond de
sa misère, fait aux héros, aux chevaliers, un
appel qui sera sûrement entendu. Il entraîne

Edouard dans sa chambre, le pousse sur le canapé : « Prends tes aises : tu es chez moi ! » Il montre une tablette chargée de paperasses et avoue mystérieusement : « C'est là que je travaille. » Puis, des rayons, il tire quelques livres qu'il présente comme des amis, avec un mélange de solennité et de bonhomie : « Voilà Michelet ! Voilà Montesquieu ! Voilà Montaigne ! »

Le ciel se déchire. Une brise charitable s'élève sur la mer et gonfle toutes les voiles. L'ennui, ce cruel poison de l'amitié, allait s'infiltrer dans les esprits ; mais Salavin a prononcé des mots magiques. Il a dit, presque au hasard et pêle-mêle : Racine, Baudelaire, Pascal, Rabelais, et vous êtes descendus, dieux exorables, au secours des hommes tourmentés.

Salavin ne se contente pas de montrer les livres comme des gris-gris souverains ; il les ouvre, il les questionne, il les somme de répondre et, satisfait, les remercie avec effusion.

Edouard, assis sur le bord du canapé, les mains posées à plat sur la housse élimée, a le visage d'un communiant. Il lève la tête, parce que Salavin est debout. Il lève la tête, écarquille les oreilles et ouvre la bouche comme pour recevoir la pluie du ciel. Ce n'est pas de l'eau douceâtre qui lui est versée. Salavin exprime les livres comme des grappes. « Bois, mon ami, et tu m'en diras des nouvelles. » Le jus bienfaisant pénètre Edouard jusqu'aux moelles.

Il est ivre. Il est transporté. Comme il n'est pas fait à de telles orgies, il sue à grosses gouttes et se passe la main sur le front en proférant des bouts de phrases qui ont de l'éloquence, dans leur humilité : « Eh bien, vrai ! » ou encore : « Il n'y a pas à dire ! » ou même, plus simplement : « Ah ! mon ami, mon ami ! »

Salavin, pour voir clair, a posé la lampe sur la commode. Il se promène, lisant, récitant au besoin ce qu'il sait par cœur. Dans sa ferveur, il ne répugne pas à l'interpolation. Il prête aux grands hommes. Il ajoute aux textes illustres. Edouard n'y prend garde. Il est à l'un de ces instants où l'on ne compte pas sa monnaie.

— Allons, messieurs, le thé est prêt.

Le thé ? Déjà ? On le boira sans s'interrompre.

— Si tu savais, s'exclame Edouard, tout ce qu'il vient de me sortir !

— Attends, attends, dit Salavin. Et ça, donc !

Il arrive, une brochure aux doigts. Il lit, d'une voix qui chancelle de passion : « Celui qui vous maîtrise tant n'a que deux yeux, n'a que deux mains, n'a qu'un corps, et n'a autre chose que ce qu'a le moindre homme du grand et infini nombre de vos villes, sinon que l'avantage que vous lui faites pour vous détruire...

Les paroles pathétiques s'envolent dans la petite pièce comme des oiseaux aux ailes trop lourdes. Elles vont se poser sur les meubles, dans les rideaux, sur les visages ; elles tourbillonnent

autour de la lampe. Tout le décor s'en trouve
transformé : la peinture tyrolienne offre des
perspectives majestueuses ; les bibelots de bis-
cuit, sur le buffet, se parent de noblesse antique ; le papier des murailles laisse tomber ses
fleurs ternies et recule, firmament.

Salavin ne voit qu'Edouard, il ne voit que les
yeux d'Edouard et, dans les yeux d'Edouard,
une image mobile, d'abord minuscule, puis qui
grandit, grandit, remplit la petite pièce, remplit
le monde : l'image d'un Salavin sublime, d'un
Salavin délivré de lui-même, un Salavin qui
méprise la machine à coudre, foule sans honte
les marches de son escalier branlant, se désin-
téresse de sa concierge et passe dans son corridor
comme sous un arc de triomphe.

Alors Edouard se lève, vient à Salavin et lui
prend les mains.

— Tu as été épatant, épatant, dit-il, d'une voix
frémissante. Merci !

Pascal, Baudelaire, La Boëtie, Montesquieu et
les autres, foule anonyme, s'inclinent modestement en la personne de Salavin. Edouard est
un esprit clair et simplificateur. Il lui faut un
signe : et c'est bien en Salavin qu'il salue les
maîtres du monde.

— Ah ! oui, tu as été épatant.

Le thé fume encore au fond des tasses. Tout
cela se passe dans un étroit logement de la rue
du Pot-de-Fer, au quatrième étage. Si les rideaux

étaient tirés et les fenêtres ouvertes, on verrait,
sous la nuée nocturne, le peuple des toitures
chaotiques et les lampes fatiguées de ces maisons
où la femme travaille le soir. Mais qu'importe !
L'esprit, qui porte besace et bâton, se réfugie où
bon lui semble. Et l'amitié est une fée bien in-
dulgente.

Salavin serre à son tour les mains d'Edouard.
Il déborde de gratitude, mais aussi d'orgueil, et
il regarde Edouard comme les statues regardent
le sculpteur : du haut d'un socle.

Tout à coup, il est tard. On prend les man-
teaux, on cherche les parapluies. On entend Marguerite dire timidement : « Voulez-vous que je
vous embrasse ? » et une voix claire répondre :
« Pourquoi pas ? »

Une lampe Pigeon à la main, Salavin accompagne ses amis jusqu'à la porte de la rue. Il n'a
plus peur de rien ; il joue avec le péril, il dit :
« Prenez garde à cette mauvaise marche, elle
est toute usée et vous ferait tomber. » Il ajoute en
riant : « Ne touchez pas aux murs, ils sont mal-
propres. »

Seul, il remonte sans hâte. La lampe se balance à son doigt. Il retrouve le logement, encore
plein d'âme et d'une laiteuse buée de tabac, il
retrouve deux femmes qui l'embrassent en souriant. Il va droit à la fenêtre, l'ouvre et s'accoude,
les joues aux mains.

Il reste là longtemps, longtemps, jusqu'à ce que

Marguerite lui vienne poser sa douce main sur l'épaule. Alors, car sa destinée est de toujours s'excuser, même de son bonheur, il dit en se retournant :

— Pardonne-moi ! Je suis si content, si content !

X

C'EST vers la fin du mois d'avril qu'eut lieu la grande hécatombe.

Un jour donc, la porte du Petit-Passe-Temps s'ouvrit et deux hommes en sortirent, deux hommes s'en échappèrent à jamais.

Edouard était rouge et volubile, Salavin pâle et muet. Ils suivirent le quai, prirent un petit escalier de granit et descendirent jusqu'au bord du fleuve, entre les troupeaux de futailles et les collines de houille.

— Louis, dit Edouard, je te demande pardon.

Salavin prit la main d'Edouard et la serra sans répondre. Il souriait faiblement. Edouard fronça les sourcils.

— Tu es trop bon, comme toujours. N'essaye pas d'arranger les choses. N'essaye même pas de m'excuser. Comment ai-je pu exposer notre amitié aux attaques de ces paltoquets, de ces galvaudeux ?

Edouard était vite à court d'injures. Il répéta
plusieurs fois, en tirant sur sa moustache :
« paltoquets », « galvaudeux », chercha quelques instants et ajouta « goujats ». Comme Salavin élevait la main en signe d'apaisement,
Edouard reprit :

— Goujats ! Oui ! Malotrus ! Vanderkelen est
un rustre ; son cas est simple. Il se permet de te
couper la parole, de t'appeler « mon garçon ».
C'est dans son style. Cela m'exaspère sans m'é-
tonner. Mais Moineau que je croyais un brave
homme, Moineau pour qui j'avais une réelle
estime, Moineau à qui j'aurais demandé conseil
dans un cas grave ! S'aviser de te dire, et sur
quel ton : « Vous n'y connaissez rien ! » C'est
un coup monté, c'est une sorte de complot.

— Que nous importe, Edouard ? Ce sont des
malheureux.

— Oh ! des malheureux, sans doute ! Plissonneau, cette larve, cet avorton !

— Edouard !

— Plissonneau à qui j'ai rendu des centaines
de petits services et qui ose...

— Il n'a rien dit.

— Justement : il n'a rien dit. Il se contentait
de ricaner chaque fois que tu ouvrais la bouche.
Vipère !

— Edouard, c'est trop !

— Je pardonne à l'autre : il est assez intelligent pour comprendre quel homme tu es. Et,

s'il te déteste, c'est dans l'ordre, car il est jaloux.

— Comment donc l'appelles-tu ? dit négligemment Salavin.

— Petit-Didier.

— Pour Petit-Didier, reprit Salavin, je suis navré de voir quelle triste attitude il a prise dans cette affaire. Il me semblait plus fin que les autres et plus instruit.

— Heu, dit Edouard qui sentait gronder en son cœur quelque vieille rancune, tout juste assez instruit pour se plaire à humilier les autres.

D'un geste de la main, il repoussa Petit-Didier dans l'abîme et termina son examen :

— Avec Sautier, on pouvait s'attendre à tout.

— Tu sais, dit Salavin, qu'il a voulu m'assurer sur la vie.

— Oui, j'imagine. Tu as refusé ; il en tire vengeance. Il n'aura pas le dernier mot.

— Edouard, fit Salavin gravement, il ne peut y avoir place pour la haine dans nos cœurs.

Le large visage d'Edouard manifesta de l'émotion. Il s'arrêta devant un cône de gravier qu'une grue nourrissait à pleines palerées, étendit un bras et dit avec solennité :

— Non ! Tu as raison, toujours raison ! Pas de haine, mais l'oubli. Je ne veux plus compromettre notre chère amitié dans cette galère. A compter d'aujourd'hui, je ne veux plus voir ces hommes. Je ne les connais plus. Je rougis de les avoir connus.

Il avait levé les yeux vers les sphères supérieures où nous logeons les puissances favorables et, silencieusement, il prenait le dieu de l'amitié à témoin de son sacrifice. Petit-Didier, Moineau, Sautier, Plissonneau, Vanderkelen, serait-ce assez de ces maigres brebis pour attester sa ferveur ? Il éprouvait un désir enthousiaste de purifier son cœur et d'accumuler les victimes sur l'autel. Il fouilla sa mémoire, cherchant de nouveaux holocaustes. Il exhuma des ombres. Le Vasseur, cet ami d'enfance qu'il voyait encore une fois le mois ? Hédeline, ce camarade de régiment qu'il priait parfois à dîner ? Il ne les verrait plus ; répudiés, eux aussi. Il les jeta sur le bûcher. Puis, saisi d'une ivresse farouche, il immola d'un seul coup toute l'Association des Enfants du Vexin dont les convocations l'avaient trouvé, jusqu'alors, fidèle. Enfin, content, allégé, il offrit à Salavin un visage rayonnant, sans regret et sans ombre. Mais Salavin était soucieux.

— Edouard, dit-il, me voici à peine entré dans ta vie et, déjà, que de désordre !

— Du désordre ? Quelle erreur ! Un coup de rateau, sûrement.

— Ces hommes, tes camarades...

— J'ai supporté d'eux bien des choses sans trop en souffrir : J'ai le cuir solide. Mais je ne supporterai pas le mal qu'ils voudraient te faire. Bien entendu, à partir de demain, nous ne déjeunerons plus au Petit-Passe-Temps. Viens, nous allons chercher une gargote.

Cette idée parut ranimer Salavin.

— Soit ! Il est trop tard aujourd'hui : nous devons aller travailler. Pour demain, c'est entendu.

— Oui, demain. Un petit restaurant où nous serons seuls et où nous pourrons causer en paix.

Pendant une semaine, ils allèrent de traiteur en traiteur, cherchant non la bonne cuisine, mais le lieu favorable aux entretiens à voix basse, la place chaude aux cœurs, la clarté dans laquelle les visages sont assouplis et confiants, le coin que l'on n'est pas pressé de quitter parce que rien n'y meurtrit l'âme.

Ils finirent par s'accommoder d'un guéridon de marbre à deux places, dans un débit de la rue de l'Arsenal, un guéridon tapi entre une demi-cloison vitrée et un escalier en limaçon qui conduisait à l'entresol.

C'était une vieille maison presque désertée de toute clientèle et qui, sous l'enseigne de la Bécasse, avait sans doute connu de beaux jours aux temps passés.

Tout leur plut : l'enseigne et l'aspect abandonné de la salle, les peintures cuites, la dalle branlante, devant le comptoir, la lumière surtout, pareille à celle qui baigne nos rêveries historiques.

Ils passaient là, chaque jour, une heure bénie

qu'ils avaient l'impression d'arracher à toutes
les tyrannies conjurées : celle, farouche, de l'argent et celle, caressante et souveraine, du foyer.
Une heure de liberté totale. L'heure autour de
laquelle la journée tourne, comme une roue aux
lenteurs exaspérantes. L'heure où l'on est enfin
soi-même, sous le regard complice et stimulant
d'un être qui vous aime, vous admire, vous exalte
et ne vous connaît quand même pas au point
d'être rassasié de vous. Cher regard sans ironie,
sans offensante pitié.

Parfois, Edouard arrivait, l'air un peu effaré,
encore que prêt au rire, à la détente. Il disait :
« J'ai failli rencontrer Sautier. J'ai changé de
rue à temps, Dieu merci ! » Un autre jour, il
avoua : « Je suis obligé de voir Plissonneau,
mais je ne lui parle que pour le service. Et il
n'a qu'à bien se tenir. »

Il leva, ce disant, vers Salavin, un regard un
peu trouble. Il n'avait pas de regret : il était
surpris de sa propre cruauté. Son nez se dres-
sait avec arrogance ; pourtant son menton, son
lâche et doux menton semblait dire : « Louis,
j'ai fait cela pour toi, et je ferai bien d'autres
choses encore ; mais tu ne m'abandonneras pas. »

Salavin lui donna une poignée de main et,
brusquement, baissa les yeux.

Ils étaient heureux, entre la demi-cloison et
l'escalier. L'amitié avait choisi ce cadre indigne
pour opérer ses prodiges. Ils préparaient l'avenir

comme une révolution, à voix basse et avec des ruses de conspirateurs.

Ils ne comptaient que sur eux-mêmes. Ils n'espéraient rien des autres, sinon peut-être une légère augmentation de traitement qui leur eût facilité certains projets. Même au sein de la félicité, les hommes souhaitent toujours quelque chose de plus.

XI

Ils sont presque aussi grands l'un que l'autre :
Salavin, plus mince, un peu voûté ; Edouard
plus trapu, plus lourd. Quand ils sont côte à côte,
Salavin se sent plus robuste et Loisel plus fin.

Ils se prennent parfois par le bras pour descendre le boulevard, et ils sont pleins d'orgueil
parce qu'ils sont grands, parce qu'ils sont deux,
parce qu'ils sont eux et non pas deux hommes
quelconques, deux hommes comme ceux que l'on
rencontre dans la rue.

Ils sont pleins d'orgueil pour mille autres raisons, fraîchement découvertes, mais péremp-
toires, mais inusables. L'homme était l'ennemi de
l'homme ; il ne songeait qu'à l'assujétir, à le voler, à l'abattre. Or Salavin a rencontré Loisel, et
l'homme est devenu l'ami de l'homme : il veut
lui porter son parapluie, lui payer sa consomma-
tion au café et lui prêter son cache-nez si le vent
fraîchit.

Ils se sont partagé l'empire du monde ; chacun entend bien que la plus grosse part ne sera pas pour soi-même, mais pour l'autre. Et si Loisel a, d'aventure, la meilleure place dans le tramway, il contraindra Salavin de l'accepter. Salavin fait de même. Belle raison de querelle.

Ils étaient autrefois moins que deux chétifs poissons perdus dans la mer sauvage ; ils voguent aujourd'hui de conserve, comme deux espadons vigoureux qui tiennent le milieu du courant et ne craignent rien de qui que ce soit.

Salavin aux mains blanches possède, avec étonnement, à l'extrémité de deux bras musclés, deux poings pesants comme des marteaux. Edouard aux yeux bleus possède maintenant, derrière des lunettes de fer, deux autres yeux sombres, inquiétants, qui pénètrent dans l'âme des hommes comme deux aiguilles chaudes dans la cire.

Naguère encore, au sein de ce Paris houleux, erraient deux garçons solitaires qui ne savaient pas grand'chose et vivaient accablés de leur ignorance. Voyez aujourd'hui cette paire d'amis. Ils savent tout : car chacun sait le peu qu'il sait, plus tout ce que sait l'autre, et ce que l'autre sait est incommensurable.

Ils reconstruisent l'univers moral sur des bases neuves et stables. Une grande pitié mêlée de mépris leur est venue à l'égard du reste de l'humanité. « Le monde n'a jamais été si vil et si

misérable. Il n'est composé que de canailles et
de mazettes. Heureusement, il y a nous. Et c'est
assez. »

Si tout va bien, ils seront pour quelque chose
dans la rédemption de l'espèce.

En attendant, ils élaborent patiemment un
langage qui sera leur langage exclusif, que nul
étranger, bientôt, ne comprendra tout à fait. Ils
inventent des termes, des locutions, des tournu-
res syntaxiques dont ils sont bien les seuls à comprendre la saveur et la nécessité. Chaque mot a
son histoire anecdotique. Chaque mot avance
dans le temps, traînant, telle une comète, une
longue queue de souvenirs.

Minable couple, celui qui parle le langage de
tout le monde.

Dès les premiers jours, ils ont travaillé à leur
légende. Chaque minute y apporte quelque épi-
sode, quelque ornement. Par amour de l'amitié et
pour embellir la vie, ils apprennent à mentir. Ils
mentent d'abord à tour de rôle : celui des deux
qui n'a rien dit baisse d'abord la tête, surpris, et
cligne des paupières comme un homme qui perd
l'équilibre ; mais, vite, il retrouve tout son
aplomb et ajoute quelque détail au beau mensonge, pour bien montrer qu'il a compris le jeu
et « pour rendre la politesse ».

En vérité, n'aurions-nous fait que quinze kilomètres, pendant cette promenade de mai ? Non,
certes ! Vingt-cinq, voire trente kilomètres à

pied, voilà ce que peuvent faire et ce que font
ces gaillards que nous sommes. De combien
d'œufs, s'il vous plaît, cette omelette miraculeu-
se, mangée sous une tonnelle de Montmartre ?
Six, croyez-vous ? Fi, Monsieur ! Quinze pour le
moins ! et, si vous n'êtes pas content, elle sera
de vingt-quatre. Et, si vous protestez, le picolo
deviendra beaujolais ; le cidre sera élevé à la
dignité de champagne ; le poulet s'appellera
chapon, faisan peut-être. Que savez-vous du
monde, si vous ignorez avec quelle aisance, dans
la mémoire enchantée des amis, le moindre lapin de chou prend, à la longue, un goût de lièvre ? Ah ! la vie serait morne et l'amitié sans
pouvoir s'il fallait s'astreindre à de viles précisions de contrôleur des tramways ou de vérifi-
cateur des poids et des mesures. Le monde est
créé pour être recréé et toute figure veut transfi-
guration. L'homme seul ne suffit pas à cette noble
tâche. Il faut la collaboration de deux cœurs
pour donner à la vérité ce coloris surnaturel qui
lui permet de braver les injures du temps. Nous
sommes deux ! Deux amis ! Le monde est riche !
Il n'y aura jamais moins de mille pommes à
l'arbre, jamais moins de mille jolies filles sur
notre chemin, moins de cent bateaux sur le
fleuve, moins de cinquante sergents de ville dans
un rassemblement, moins de vingt-cinq plats
dans nos festins, moins de dix auberges sur notre route. Mais des hommes exceptionnellement

admirables, il n'y en a et n'y en aura jamais que deux. Vous les connaissez, Monsieur.

Ils s'en vont donc, bras dessus, bras dessous, le long du boulevard. Au temps de la solitude, chacun d'eux aimait les petites rues. Ils sont maintenant tout juste à l'aise sur la place de la Concorde.

Ils se font part de leurs enthousiasmes avec une ferveur religieuse. Boire le même vin, c'est peu ; il faut le boire dans le même verre. Ils communient dans le ressentiment et dans l'indignation. Salavin livre ses ennemis à Edouard, pieds et poings liés. Aussitôt, Edouard voit rouge. Les misérables ! Il va les mettre en pièces. Salavin est obligé d'intervenir, de plaider la grâce des coupables. Edouard se calme malaisément. On ne plaisante pas avec Edouard quand il s'agit de Salavin.

Ils ne font que d'elliptiques allusions à ces vagues semblants d'amitié auxquels ils rougissent en secret d'avoir accordé jadis quelque peu d'eux-mêmes. Ils ont oublié tout cela ; leur cœur est vierge. Parlera-t-on d'ingratitude à qui veut rebâtir la ville, conquérir le ciel, sauver l'espèce ?

Ils se racontent interminablement leur existence passée. Ils se font présent d'eux-mêmes à chaque minute, comme des amants, mais comme des amants qui seraient de purs esprits et non des corps avides.

Ils échangent des serments empreints de pudeur. Ils s'engagent à leur façon qui n'est pas celle des amants. Ils disent : « Quand nous reparlerons de ça, dans vingt ans », ou bien : « Plus tard, beaucoup plus tard, je t'expliquerai », ou encore : « Quand nous serons deux vieux types tout ratatinés et que nous nous rappellerons ensemble... »

Ils n'imaginent pas qu'ils pourraient ne plus se chérir dans vingt ans. Ils n'imaginent pas que la vieillesse ne les surprendra pas côte à côte, bras dessus, bras dessous. Et quel cataclysme pourrait donc les disjoindre ? Ne sont-ils pas deux amis, deux hommes, deux esprits du même sexe ? Le lien qui les étreint est pur de toute fange matérielle.

Oui, sans doute, serrer une femme dans ces bras ! Ah ! quoi de meilleur ? Mais l'homme, dans l'amour, n'est jamais innocent de tout calcul. Il proteste de sa loyauté, de sa candeur. Et que veut-il donc, sinon être délivré ? Quoi qu'il proclame, il semble attendre de sa compagne quelque ineffable soulagement. Il veut d'abord s'affranchir de ce lourd secret qui l'oppresse, et puis s'en aller, en sifflant ou en fumant une cigarette, s'en aller vers son travail, vers sa gloire, vers d'autres jeux.

Ce qui jette ces deux hommes l'un vers l'autre, ce n'est pas si simple et ce n'est pas moins fort.

XII

MARGUERITE n'a jamais bu de vin. Elle en boira.
Et des meilleurs, et des plus capiteux.

Salavin souffre de l'estomac. Il reprendra
quand même de la langouste.

Edouard est congestionné, véhément. Il règne,
entre la nappe et le buffet, sous le lustre hollan-
dais aux reflets arrondis.

Si d'aventure, alors qu'ils sont tapis dans le
demi-jour complaisant, à la Bécasse, si Salavin
se hasardait à demander de la langouste, voire
quelque innocente crevette, Edouard s'y oppo-
serait avec verdeur, car il est ménager de l'estomac de son ami.

S'ils se trouvaient tous deux à une table étrangère et que l'amphitryon émît la prétention de
faire absorber à Salavin le moindre petit frag-
ment de crustacé, Edouard entrerait dans une
grande colère.

Mais Salavin est l'invité d'Edouard. C'est pour

honorer Salavin que fut spécialement achetée
cette surprenante bête marine. Edouard n'entrera
pas en colère si Salavin refuse un supplément de
langouste ; pourtant Edouard sera bien attristé ;
secrètement, il doutera de l'amitié de Salavin.

Salavin reprend de la langouste.

Il dit : « Ne crains rien, Marguerite, je ne digère tout à fait mal que les choses dont je mange
à contre-cœur. » Puis il entreprend l'éloge de la
langouste, non pas de la langouste en général,
mais bien de la langouste d'Edouard en particulier. Il découvre à ce mets une saveur et un
bouquet exceptionnels, qu'il explique avec des
mots ingénieux et qu'il lui faut rapporter à
l'excellence et à la pureté des eaux au sein desquelles l'animal a prospéré. Il s'élève sans effort
à d'amples considérations géographiques, puis,
entraîné par les courants et les moussons, il erre
de golfe en golfe, de détroit en détroit, d'un pôle
à l'autre.

Edouard est radieux. Cette langouste lui est
une affaire personnelle. Il accueille les éloges
comme si la chair de cette langouste était son
œuvre de chimiste, une de ses trouvailles de laboratoire. A certains moments, il juge opportun
de marquer de la modestie, d'apporter quelque
tempérament au lyrisme de Salavin, de se ré-
server : « Certes, cette langouste n'est pas détes-
table ; mais ce n'est quand même qu'un début.
Une prochaine fois, on fera mieux. »

Salavin reprend encore de la langouste. Une patte. Ah ! le bon ami !

Et voilà le tour de la sauce. A Clémentine d'ouvrir ses oreilles et son cœur. Salavin va parler de la sauce. Bossuet pâlira dans sa tombe, Bossuet qui n'a su faire que l'éloge des morts.

Clémentine hoche la tête à petits coups. Malgré sa prudence habituelle, elle se sent saisie d'estime pour Salavin. C'est pourtant vrai que cette sauce est harmonieusement mêlée d'huile d'olive et de jaune d'œuf. C'est encore vrai qu'elle doit ses subtiles vertus à des herbes aromatiques dont Clémentine a le secret. C'est même vrai que cette sauce succulente fut, durant cinq minutes, visitée, traversée par une gousse d'ail qui lui laissa moins qu'un parfum : une arrière-pensée.

Marguerite ne mange plus. Elle regarde son mari d'un œil d'admiration, mais aussi d'inquiétude. Pourquoi s'inquiéter ? La langouste d'Edouard ne saurait faire mal à Salavin.

Longtemps, longtemps, dans les rues du Pot-de-Fer et autres boulevards de Port-Royal, longtemps on parlera de cet animal mystique avec la plus éloquente piété. Les voix alterneront, comme pour une querelle théologique :

— Il en a pris deux fois.

— Non, trois fois, rappelle-toi.

— Il préférait les pattes à la queue.

— Mais il ne détestait pas la tête, je t'assure.

Que cette langouste entre glorieusement dans notre souvenir ! Qu'elle s'élève, idole de vermillon, sur l'autel de l'amitié ! Il est bon d'avoir une langouste dans son existence, car les hommes sont indécis, tourmentés, sujets à mille maux. L'avenir nous ménage, à coup sûr, des jours sans ardeur, des heures arides. Grâces au ciel, nous avons cette langouste avec nous. Nous ne serons jamais dépouillés de tout crédit.

Ils sont à plaindre, ceux qui, durant les minutes amères où le cœur tarit, ne peuvent même pas trouver, dans leur mémoire, une authentique bouteille de vin blanc.

Quand, sous les coups de la tempête, la galère donne de la bande, ils sont à plaindre ceux qui ne peuvent empoigner un souvenir solide, turgescent comme une ceinture de sauvetage.

Ils sont à plaindre ceux qui n'ont pas de langouste au fond de leur amitié.

Calice d'allégresse, crustacé miséricordieux, animal sacré, totem ! puisses-tu venir à notre secours quand nous ne serons pas trop contents l'un de l'autre, quand nous serons tout à fait mécontents de nous-mêmes !

XIII

Les gens qui, dans l'espoir de dissimuler l'indigence de leur imagination, affectent de contester les miracles, seraient bien empêchés de donner une interprétation satisfaisante au phénomène mystérieux qui se produisit cette année-là, en plein Paris, vers la fin du jour, un samedi du mois de juin. Ce phénomène mérite d'être décrit et commenté, car, à dire vrai, ceux qui en furent les témoins, les objets, ou, plus exactement, les bénéficiaires n'en eurent qu'une conscience obscure, incomplète, et qu'il appartient à l'histoire d'éclaircir et de préciser.

Il était un peu plus de six heures du soir. Les hommes et les femmes vaquaient aux soins de leur métier, de leur ménage ou de leurs amours. Certains, par malheur, cheminaient hors des voies du miracle, sur le boulevard Raspail ou l'avenue des Gobelins, par exemple. D'autres, poussés d'un hasard bienfaisant ou sollicités par des habitudes tendues, descendaient la rue Saint-Jacques, puis traversaient la place du Panthéon, s'abandonnaient ensuite à la rue du Cardinal-Lemoine et gagnaient enfin la Seine en suivant la Halle aux vins. Ceux-là, tous ceux-là furent intéressés dans l'événement, furent compris dans le miracle.

Ils allaient, les uns solitaires, les autres par couples. Ils pensaient à leurs soucis, à leurs fardeaux : « Impossible de rassembler l'argent du terme... Le dernier-né venait, à son tour, de prendre la coqueluche... Pour la troisième fois, Suzanne s'était abstenue de venir au rendez-vous... Le patron se montrait de plus en plus hargneux et menaçant... Le paquet de linge mouillé était trop lourd à l'épaule meurtrie... La monotonie des besognes quotidiennes était, en fin de compte, intolérable... Le temps était vraiment trop humide et trop chaud... »

Ils ruminaient toutes ces choses en longeant les boutiques au fond desquelles on devinait, terrés, des commerçants malchanceux, aux jambes rembourrées de varices et au cœur ulcéré de découragement. Ils ruminaient ces choses et mille autres misères. Leur visage trahissait leur détresse ou leur énervement. C'étaient les passants de tous les jours.

Un homme parut qui montait à bonne allure vers le sommet de la colline Sainte-Geneviève,

Un homme assez grand, assez fort, doué d'un large visage coloré, d'une crinière compacte et d'un nez remarquable, taillé en pleine étoffe. Il était vêtu sobrement, sans impatience. Rien, dans son allure, ne le distinguait de la foule. Mais il regardait d'une certaine façon tous les visages de cette foule et le miracle se produisit.

On ne saurait dire par l'effet de quelle puissance occulte le temps devint sec et léger, les fardeaux agréables à l'épaule musclée, les besognes quotidiennes équitables et réjouissantes. L'homme au nez superbe regarda généreusement les passants et tout l'univers apparut ordonné selon les vœux de quelque radieuse sagesse : « L'argent du terme se trouvait toujours... Les enfants malades finissaient toujours par guérir... La maîtresse infidèle implorait en définitive son pardon... Les patrons n'avaient pour leurs employés que mansuétude et considération... »

L'homme au nez majestueux inspecta la foule comme un général son armée et, comme tout général, il ne lut qu'allégresse dans les démarches et satisfaction dans les yeux. Tous les passants étaient des passants de grande fête.

L'homme au nez magnanime jeta même un bref regard au fond des boutiques : elles étaient alléchantes, achalandées, tenues par des commerçants bien portants et ambitieux.

L'homme au nez conquérant se félicita de l'état

du monde. Il se sentit prodigieusement heureux.
Il répéta plusieurs fois, à voix basse : « Je suis
Édouard Loisel, et je viens d'être nommé, par
MM. Vedel et Gayet réunis, directeur technique
des laboratoires de recherche ! »

Cette journée de juin fut en vérité une grande
journée. En ce temps-là, Édouard habitait le
troisième étage d'un immeuble neuf qui avait
poussé, comme une dent de sagesse, en bous-
culant toute la région. Édouard, de loin, salua
sa maison d'un sourire condescendant. Cette maison pourrait-elle suffire à un directeur technique ? Il remit à une date ultérieure l'examen de
cette question et s'élança dans l'escalier. Il en
gravit les premières marches quatre à quatre,
puis ralentit son ascension, se contint du mieux
qu'il put pour ne pas contrevenir à la dignité de
son nouveau personnage.

Au troisième étage, il fit jouer le timbre. Rien
de plus impersonnel qu'un coup de timbre. Et
pourtant Clémentine vint elle-même ouvrir la
porte et dit aussitôt :

— Eh ! mon Dieu ! Qu'y a-t-il ?

Édouard répondit sans détour :

— Il y a que je suis nommé directeur technique.

Clémentine ne marchanda pas le baiser qu'elle
donna tout de suite à Édouard. Puis, comme
c'était un esprit précis, elle posa cette question
mystérieuse :

9

— Et alors ?

Edouard hésita une demi-seconde, se ressaisit, répliqua :

— Doublés. Tout simplement.

Clémentine ne tenait pas outre mesure à l'argent. Mais à quoi donc mesurer l'importance des victoires humaines ? Elle embrassa derechef son mari et se déclara satisfaite.

Edouard était pourpre ; on eût dit que la joie lui sortait par tous les pores du visage sous les espèces sensibles d'une rosée chaude. Il estima que le faste de ses nouvelles fonctions n'était pas, dans l'intimité, incompatible avec un appareil vestimentaire réduit ; il enleva son gilet, puis il fit un tour dans l'appartement et s'écria :

— J'étouffe. Je ne peux pourtant pas enlever ma peau.

Il revint à Clémentine et demanda :

— Où est Zize ?

— Couchée.

— Déjà ! fit Edouard désappointé.

Il n'avoua pas qu'il avait formé le projet de prendre la petite fille à témoin du bonheur écrasant dont il se trouvait depuis quelques heures la victime. Il jeta vers la cuisine, où végétait une servante bretonne, un coup d'œil découragé. Aucune issue, de ce côté, pour la joie d'Edouard il eût été plus aisé d'intéresser les murailles aux strophes fameuses de Schiller. Il se reprit à tourner autour de Clémentine et lui retraça, par l

menu, l'entretien décisif qu'il avait eu, dans
l'après-midi, avec MM. Vedel et Gayet. Puis, soucieux d'assurer du moins un dérivatif physiolo-
gique à son contentement, il demanda le dîner
et une bouteille de vin fin supplémentaire. Clémentine se prêta de bonne grâce à ce désir.

Le dîner n'apporta pas d'amélioration notable
à l'état d'Edouard. Comme d'autres la douleur,
il sentait la joie lui obstruer la gorge. Encore
que préparés avec goût et sagacité, les aliments
passaient mal. Il en vint à se dire : « Ça ne
durera pas, heureusement. Ce n'est pas drôle
d'être aussi content que je le suis. »

Il se leva de table avant le dessert et se mit à
marcher de long en large de la pièce. Il élabora
une série de projets magnifiques dont l'expression à voix haute lui procura quelque soulagement. Clémentine l'écoutait d'une oreille distrai-
te, un sourire complaisant aux lèvres. Il disait :
« C'est au mois d'avril qu'il faut visiter
Florence... » Et Clémentine répondait : « Le
chauffage central est-il vraiment plus sain que
la salamandre ? »

Edouard connut les impressions pénibles du
chanteur qui s'évertue dans une pièce trop petite
et trop basse de plafond. Il fut s'accouder à la
fenêtre. La nuit venait de tomber. Le boulevard
regorgeait encore de mouvement et les voitures
filaient à toute vitesse sur la chaussée pareille
à un canal d'ombre. A les regarder passer avec

leurs flammes fugitives, Edouard conçut l'espoir
qu'elles emporteraient, d'une façon purement
mécanique, au moins des parcelles de cette joie
anormale qui l'accablait comme un fardeau. Vain
espoir. Le fleuve de la rue coulait sans connaître
et sans même frôler Edouard qui demeura pri-
sonnier de sa félicité, frémissant comme un bou-
chon dans un remous.

Il forma furtivement le dessein de sortir, d'aller tuer cette soirée au théâtre, au cirque, au
cinéma. Tout de suite, il eut honte de sa faiblesse.
« Vrai, je ne suis guère courageux, je ne peux
même pas être heureux tranquillement, raison-
nablement. Couchons-nous ! Demain, nous ver-
rons clair dans notre bonheur. »

Adoptée bénévolement par Clémentine, cette
sage résolution comportait des conséquences,
ainsi qu'il apparut presque aussitôt. La volupté
n'est pas si petite affaire qu'elle s'accommode de
soins parasites. A peine Edouard pressentait-il
ce néant ténébreux où peines et joies s'abîment,
confondues, il entendit une voix franche de toute
émotion qui demandait : « Huit fois neuf ? »

Edouard retint son souffle. La voix reprit, im-
matérielle comme le pur génie mathématique :
« Huit fois neuf ? »

— Soixante-douze, répondit Edouard totale-
ment restitué à son démon et à sa solitude.

Une heure passa, durant laquelle Edouard
éprouva des angoisses de l'exil : « Nous sommes

tous deux contents, songea-t-il ; mais nous n'avons pas la même joie, et c'est comme si nous ne parlions pas la même langue, c'est comme si nous appartenions à deux espèces animales différentes. »

Il se tourna et retourna dans le lit, en proie à un malaise croissant. « Si ça continue, sifflait-il entre ses dents, si ça continue, je vais étouffer, je vais crever. Il va falloir qu'on me délivre d'une manière ou d'une autre, qu'on me décongestionne, qu'on me saigne. »

Il comprit que la joie est une chose terrible, en face de laquelle la médecine elle-même se trouve cruellement désarmée.

Clémentine, que la perpétuelle agitation d'Édouard empêchait de dormir, employait les heures à de délicates spéculations arithmétiques. Elle disait de temps à autre :

— Tu ne dors pas ? Tu n'es pas raisonnable. Dans quel état serais-tu s'il arrivait une catastrophe ?

— Oh ! répliquait Édouard, ce n'est pas une catastrophe qui m'empêcherait de dormir.

Il eut soudain une image dans le cœur et un nom sur les lèvres.

— Écoute, dit-il en posant un pied sur le tapis, je vais me lever, m'habiller et sortir.

— Où veux-tu donc aller ? demanda Clémentine.

— Voir Salavin.

— Tu es fou ! Onze heures viennent de sonner.

Evidemment. il était fou. Déconcerté, vaincu, il se leva quand même et alla boire plusieurs verres d'eau.

Quand il se remit au lit, Clémentine sommeillait. Il l'écouta respirer. Comme elle était sage et sérieuse ! Elle ne perdait pas de temps ; elle s'en allait toute seule sur le noir vaisseau, laissant Edouard au rivage, planté là, avec cette joie ridicule dont il est presque malade.

— Vrai, dit-il, il faut s'endurcir au bonheur ; sans cela on vieillirait trop vite.

Il passa le reste de la nuit à lutter contre plusieurs cauchemars qui avaient la démarche et le rire mêmes du bonheur.

XIV

Il se leva dès le petit jour, c'est-à-dire fort tôt, car on était au début de l'été.

En pyjama, la pipe aux dents — cette première pipe du matin : initiation, découverte, baptême odorant — il erra de pièce en pièce. Puis il se contempla dans une glace. Il avait les cheveux secs, les yeux douloureux, les lèvres épaisses, les traits tuméfiés. A voix haute, il s'injuria : « Couillon ! » Il haussa les épaules et fit à son image une grimace de mépris. Peine perdue : sa joie était invulnérable. Il pensa : « Je n'ai plus qu'à en prendre mon parti. C'est l'affaire de quelques jours. » Et il alla se laver à grande eau.

A plusieurs reprises, il retourna dans la chambre. Clémentine dormait toujours. Ses boucles noires déferlaient sur l'oreiller. Un souvenir remonta du fond des temps : une poussiéreuse

chambre de garçon et, sur un drap blafard, les
cheveux d'une femme inconnue, d'une femme
jetée là, dans le lit, par un décret des puissances
souveraines. Il écarta cette image d'un clignement de paupières : il était loyal et respectueux
des contrats. Il vouait à sa femme un amour
coloré de gratitude. Il n'en jugea pas moins, ce
matin-là, qu'elle représentait, pour l'enthousiasme, un résonateur insuffisamment généreux.
« Je vais, décida-t-il, m'habiller, déjeuner et courir chez Salavin. »

Comme il s'habillait, Clémentine s'éveilla.
Edouard se précipita sur elle, l'étreignit et, à
brûle-pourpoint :

— Es-tu contente ?

Une fois de plus, Edouard partait *allegro*. Ce
fut *andante* que Clémentine reprit le thème. Elle
compta une mesure pour rien et articula :

— Certainement.

Ils déjeunèrent. « Elle a raison, songeait
Edouard, mille et mille fois raison. Elle ne gaspille pas le bonheur. Elle le place, à gros intérêts.
Mieux que moi, elle sait être heureuse. C'est
presque un métier. Quant à moi, je mourrai sur
la paille, et je ne l'aurai pas volé. »

Il prit son chapeau et évolua vers l'antichambre. Clémentine s'étonnait :

— Où vas-tu donc ?

Il répondit, non sans embarras :

— Me promener, voir Salavin.

— Il n'est pas encore sept heures et demie.

Toujours la logique ! Toujours l'heure ! Toujours les chiffres ! Il leva, en même temps, les épaules et les sourcils comme un homme qui n'en peut mais, un homme qui cède à des forces supérieures.

— Je ne ferai que passer. Rien que pour lui annoncer la bonne nouvelle.

Un bref silence. Clémentine enveloppait son mari d'un regard clair, attentif, un peu froid, où il y avait de la tendresse et de la compassion.

— Eh bien, va, mon ami !

Il était déjà dans l'escalier. Il était déjà sur le boulevard et sa joie se transformait en mouvement, comme l'énergie emprisonnée dans la houille. Le soleil parut, entre des nuages embrasés. Ce fut pareil au déchaînement des trompettes par-dessus l'orchestre frémissant. Edouard en reçut comme un coup de cravache ; mais il avait devant lui tout l'espace de la terre.

Il usa son premier élan dans les allées du Luxembourg. Assurément, il manquait de sang-froid. Qu'était donc ce triomphe, somme toute, aux yeux d'autrui ? Un succès des plus modestes. Pourtant Edouard savait bien que ce succès en annonçait d'autres, éclatants, innombrables. Il saluait, en la joie présente, toutes les joies futures, toutes les joies qui lui étaient dues et qui viendraient en leur saison, ponctuelles comme des planètes.

Il était à peine huit heures quand il sonna chez Salavin.

Il attendit quelques secondes et ressentit soudain un étrange malaise un peu semblable à la honte. « Qu'allait-il faire ? — Annoncer une bonne nouvelle. — C'est-à-dire ? — Une nouvelle qui lui était bonne, à lui, Edouard. »

Il n'eut pas trop de mal à retrouver l'équilibre : ce qui contentait Edouard devait combler Salavin, c'était convenu.

Ce fut Marguerite qui vint ouvrir. Elle s'enfuit avec un cri, car elle n'était point coiffée.

Edouard entra dans la salle à manger, où l'odeur du café jouait parmi les miettes de pain. Aussitôt, parut Salavin, en manches de chemise, le visage alarmé.

— C'est une bonne nouvelle, se hâta de dire Edouard, bégayant un peu.

Salavin le fit asseoir et resta debout, les bras croisés. Edouard avait l'air d'un prévenu. Il s'ouvrit, il avoua :

— MM. Vedel et Gayet m'ont nommé, hier soir, directeur technique des laboratoires de recherche. Je suis si content que je n'ai pu résister au besoin de venir t'annoncer la chose dès ce matin.

La figure de Salavin se détendait ; mais il ne répondit pas tout de suite ; peut-être attendait-il des éclaircissements. Edouard eut le temps de se juger ridicule. « Qu'était-il venu faire à pa-

reille heure chez son ami ? Etait-il décent de
triompher avec tant d'éclat ? Salavin l'allait-
il juger immodeste, fanfaron ? » Il leva sur Salavin un regard lourd d'humilité, un regard qui
suppliait presque : « Aide-moi ! Assiste-moi !
Prends une part de ce beau fardeau. Tu vois
bien que je ne suis pas capable d'être heureux
tout seul. »

Salavin remua deux ou trois fois la tête comme pour dire «oui ». Et, gravement :

— Hier, mon ami, hier soir, je disais à Mar-
guerite : « Edouard ira loin ! » Ah ! j'ai vu juste.
Oui, tu iras loin ! Te voilà parti ! Et quel départ !
Comme je suis heureux ! Tes mains, mon ami !

Les jarrets d'Edouard se détendirent. Il cria
presque :

— On s'embrasse, veux-tu ?

Ils s'embrassèrent. Edouard baisa son bonheur sur la barbe de Salavin. C'était la première
fois, depuis son enfance, qu'il embrassait un
homme. Il se sentit maladroit et transporté. Puis
il se prit à tourner autour de la table, donnant
enfin libre cours à son délire. Par égard pour les
meubles, il avait enfoui dans ses poches deux
mains dont il ne se sentait plus le maître. Il parlait, parlait, impatient de publier ce cœur près
d'éclater : « Tout cela n'était rien, rien qu'un
signe ou qu'un prélude. Il ferait plus, il ferait
mieux, il finirait par donner toute sa mesure, par
étonner le monde. »

Salavin remuait la tête et les bras en cadence, comme un bohémien qui fait danser un ours. On eût pu croire qu'il rythmait la joie de son ami, qu'il la disciplinait, qu'il en réglait et harmonisait l'expansion.

Puis Edouard donna des précisions, cita des chiffres. Salavin fut admirable d'étonnement :

— C'est la fortune ! Te voilà riche !

— Nous voilà riches, veux-tu dire ! Tout ce qui est à moi est à toi, puisque tu es mon ami.

Et l'heureux Edouard d'échafauder la plus munificente pyramide de projets. Certes, l'argent, la gloire, il n'y en aurait pas pour tout le monde ; mais lui, Loisel, saurait en prendre pour deux : il avait les mains larges, le râble puissant.

Salavin approuvait toujours, à coups de tête et plus lentement. A un certain moment, Edouard eut l'impression qu'une ombre fugitive venait de passer sur le visage de son ami. Il n'aurait pu l'affirmer : il allait trop vite, il était lancé. Le voyageur du train rapide a-t-il bien le temps de percevoir les sentiments qu'exprime le regard de la garde-barrière ? Edouard filait, dans un tourbillon, dans un tumulte.

Finalement, à bout de souffle, il se laissa tomber sur une chaise et proféra cette conclusion inattendue :

— C'est maintenant qu'on en va manger, des langoustes !

D'un geste plein de modestie, Salavin affirma

qu'une seule langouste devait suffire à son bonheur.

L'homme heureux protesta :

— C'est mon affaire. Laisse-toi dorloter.

Salavin n'accepta pas sans réticences. Mais que refuser à Edouard ?

Le jour même, c'était un dimanche, il fallut improviser une première fête : un déjeuner au restaurant, une promenade à la campagne. A toutes les folies d'Edouard, Salavin opposait des sourires effarouchés. Pourtant il ne laissa pas, jusqu'au soir, de se montrer à la hauteur des événements, et quand, vers la minuit, il regagna la rue du Pot-de-Fer, au bras de Marguerite, il se mit à chantonner un air allègre auquel il n'avait recours que dans les grandes circonstances.

— Ah ! tu es content, dit Marguerite.

— Oui, répondit Salavin.

Il ajouta des mots mystérieux : « De moi ! »

XV

Edouard avait trouvé la formule : « Je serai heureux, et nous partagerons. »

Les événements qui composent la vie des hommes ne peuvent pas se dérouler à l'aventure.

Il faut un ordre, des lois, des rites.

Un ordre s'établit donc, à compter de ce fameux jour de juin. Edouard avait les joies, et il les partageait avec Salavin. La destinée d'Edouard était ainsi faite que tout lui réussissait. Chaque mois, chaque semaine presque lui apportait, comme un tribut, quelque motif, grand ou petit, de contentement. Alors il mettait son chapeau et s'en allait chez Salavin. Il le surprenait parfois dans son travail, parfois au milieu de son repas, parfois dans son sommeil. Comme le chasseur qui apporte une pièce de venaison, il disait : « Voilà ta part ! » Et Salavin disait toujours « merci », car Salavin avait sa destinée, qui était de dire toujours « merci ».

Il y a une justice dans le monde, une justice qui met les forts à côté des faibles. Et si les faibles ne sont pas contents, vraiment c'est qu'ils ont mauvais caractère. Il y a, dans le monde, des riches qui donnent et des pauvres qui reçoivent. Les pauvres sont parfois las de recevoir, et c'est pure ingratitude. Il faut que chacun remplisse son rôle et persévère dans son régime. N'est-il pas doux de savoir que faire et de s'y tenir avec une pieuse application ?

Que chacun reste à sa place : l'ami à côté de l'ami, l'épouse auprès de l'époux. Il ne faut rien brouiller, ni confondre les règnes ni objecter l'amour et l'amitié. Un jour, Edouard annonça qu'il allait sortir. Clémentine demanda :

— Où vas-tu ?

Edouard avoua :

— Chez Salavin.

Clémentine dit alors, d'une voix imperceptible :

— Encore !

Un mot. Un seul mot. Un petit mot, ni trop long ni trop lourd. Un mot de trop. Un mot regrettable. Clémentine le sentit tout de suite, car elle dominait assez bien ses nerfs et promenait sur toutes choses une intelligence pénétrante, fine et mince comme le jet d'un projecteur électrique, une intelligence bleu pâle.

Edouard jeta son chapeau sur la table et dit ;

— C'est bon ! Je reste.

Il piaffait dans l'appartement. Il était pareil
au taureau à qui l'on vient de passer un anneau
dans le nez. Il renversa deux chaises et jongla
quelque temps avec une troisième.

Clémentine le supplia de partir. Il s'y décida
tout de suite, mais ne partit qu'une heure plus
tard. Il passa toute cette heure à expliquer à
Clémentine pourquoi il allait chez Salavin et
qu'elle aurait eu grand tort de l'en empêcher.

Clémentine le poussa dehors avec des baisers
et des sourires. Elle avait, dans son esprit, la
balance et le compas. Edouard ! Salavin ! Elle
venait de comprendre qu'il fallait laisser les
hommes se débrouiller entre eux, qu'elle avait
sa part, qu'elle aurait son heure, qu'il suffisait
d'attendre.

Edouard connut l'amertume du bonheur complet. Il songeait parfois : « J'obtiens tout ce que
je désire. N'aurais-je bientôt plus rien à souhaiter ? » En fait, il vivait dans la crainte : il ne
pouvait plus lui arriver que de la peine, puisqu'il
était tout à fait heureux. Il avait besoin, pour se
rassurer, pour se maintenir dans la région
aérienne où il vivait, d'un apport continu de joies
et de succès. Un mois sans réussite, et il était pris
de vertige, il suait d'angoisse. Le moindre grain
de sable égaré dans la mécanique le faisait grincer des dents. Il eut, un jour, un bref démêlé
avec un cousin, au sujet d'un petit héritage. Il
reçut du papier timbré, pour la première fois de

sa vie, et s'écria d'une voix tragique : « Encore
une affaire ! » Il devint excessivement suscep-
tible et d'autant plus inquiet que le sort semblait
soucieux de lui épargner les offenses.

Cependant, l'amitié qui liait Edouard et Salavin ne cessait de croître et de fleurir. Les mois
passèrent et, pour faire une année, il ne faut pas
tant de mois que l'on est communément porté à
le croire.

Ils affectaient parfois de lamenter la fuite du
temps : tous ceux qui ont le cœur plein se plaisent à amplifier ce thème. Mais ils mêlaient beaucoup d'orgueil à peu de regrets et vieillissaient
leur amitié en toute occasion, pour honorer les
ressources de leur cœur et la ténacité de leur
attachement. « Te rappelles-tu ? Il y a déjà plus
d'un an ! » — « Deux ans, veux-tu dire ! »
— « Deux ans ! Comme c'est vieux ! » Ainsi le
jeu menteur des souvenirs précipitait la déca-
dence des jours. Ils en souriaient d'aise sous
leur mine contrite. Leur jeune affection voulait
au plus tôt ses quartiers de noblesse. Ils avaient
grand'hâte d'être de vieux amis et ne désespé-
raient pas de devenir amis d'enfance.

Un jour qu'ils se promenaient sur la colline
de Montmartre, le désir de monter au sommet
de la basilique les saisit. Ils n'eurent même pas
besoin de se le communiquer : ils l'avaient éprou-
vé ensemble et y cédaient tacitement. Ils abor-
dèrent les degrés avec recueillement, écoutant

battre leur cœur et se prenant la main dans les
endroits sombres. Leur amitié semblait attendre
de l'altitude quelque sublime récompense, une
sanction mystique. Elle leur fut octroyée.

Le gardien, par bonheur, les laissa seuls au
pied de la dernière rampe. Ils la gravirent avec
une exaltation que l'effort musculaire même
nourrissait et purifiait. Debout dans le vent, au-
dessus de Paris semblable à un immense rocher
miné par quelque vermine opiniâtre, ils restèrent
assez longtemps pour que le sentiment de leur
élévation matérielle leur donnât l'enivrante illu-
sion de la prééminence morale. Il n'est point que
fougue gymnastique dans la passion de l'escalade. Ils partagèrent loyalement l'honneur de cette
domination. Ils ne parvenaient pas à s'en lasser.
Le gardien les héla.

Ce fut un des épisodes culminants d'une amitié
que l'on jugera fertile en aventures, si l'on veut
bien considérer que l'histoire du cœur demeure
irréductible à l'importance des faits.

Edouard et Salavin éprouvèrent petit à petit
les effets d'une confiance mutuelle et illimitée :
chacun d'eux cessa d'imposer à sa nature des
contraintes peu propices, leur semblait-il, à une
communion totale. Deux vieux amis ont-ils encore besoin de se prouver l'un à l'autre qu'ils
sont des gentlemen accomplis ? Deux vieux amis
sont-ils tenus à faire montre, l'un en face de
l'autre, de cette « parfaite distinction » qu'ils se

sont reconnue dès l'abord et une fois pour toutes ? Surveiller son langage, mesurer ses gestes, éviter le désordre de sa toilette, est-ce à de telles futilités que se complaît une vieille et solide amitié ? Evidemment non. C'est pour nous-même que nous voulons être aimé, et qui donc oserait soutenir que la façon de tenir notre fourchette à table fait, en quoi que ce soit, partie de ce « nous-mêmes » ?

Ils apprirent à se taire dès qu'ils ne trouvaient plus rien à se dire. Ils apprirent à demeurer ainsi de longues heures sans parler. Ils apprirent à se regarder en bâillant. Ils apprirent même à bâiller sans placer devant leur bouche une main prudente.

Et, petit à petit, le visage de l'amitié se transforma.

XVI

Est-ce la couenne d'un pachyderme ? Le blindage pesant et pustuleux d'un monstre ? Non, c'est le bitume du boulevard de Magenta. Si les regards laissaient des traces, comme les escargots, le trottoir serait verni : tant de pensées y rampent, précédant tant de paires de souliers. Mais les regards humains ne marquent leur empreinte qu'au fond des cœurs : le trottoir est poudreux et nu.

De place en place, des orifices ronds comme de grands hublots. De chacun d'eux s'échappe un arbre au feuillage corrodé par l'haleine des moteurs. Le pied de l'arbre est saisi dans une grille de fonte. Par les trous de ces grilles, on aperçoit quelque chose qui est peut-être la terre originelle. Si l'on extirpait Paris comme un cancer, retrouverait-on, dessous, la bonne terre de labour ? C'est ce que Salavin se demande en cheminant de grille en grille.

Salavin ne sera pas en retard au rendez-vous. Salavin n'est jamais en retard. Voilà ce qu'il faut reconnaître en toute impartialité. Que si cette loyale remarque incline Salavin à une récapitulation de ses principales vertus, nul ne voudra lui en faire grief. D'ailleurs, qui le saura ?

Par les trous des grilles de fonte sortent des brins d'herbe auxquels l'électricité prête un coloris chimique. Les brins d'herbe ont poussé là en quelques heures, tout raides, stupéfaits de leur propre audace. Du tranchant de la semelle, Salavin les décapite net, au ras de la grille sur laquelle leur sève laisse une tache humide.

Salavin aime l'herbe et respecte la vie. Pourquoi fauche-t-il les petits brins verts ? Il n'ose se le demander : il serait capable de se trouver une excuse. Il en est à récapituler ses mérites personnels : beau moment pour faire une sottise.

Parfois les grilles sont sonores et semblent suspendues sur un gouffre. Parfois elles sont aveuglées de menues ordures et mastiquées de crasse. Certaines oscillent sous le pas. Salavin les compte, les classe, les étudie. Soins bénins d'un cœur sans reproche.

Ah ! voilà le boulevard de Rochechouart et le lieu du rendez-vous. Edouard n'est pas là. Salavin est en avance de cinq minutes. Edouard ne pourrait-il être également en avance de cinq minutes ?

Tout le carrefour est illuminé, pareil à une

chapelle ardente. Les lumières, comme les grains d'une grappe, se pressent sans se confondre. Celle de Salavin est bien définie : un disque rose qui a le réverbère pour moyeu et quatre rayons d'ombre. On tourne, comme un cheval de puits, autour de la colonnette de bronze ; on s'agite dans le cône de clarté, comme une guêpe sous une cloche à fromage ; on piétine le disque clair. On attend. Et, par-dessus les bruits de Paris, on écoute sonner neuf heures.

Neuf heures ! Edouard sera-t-il en retard ? Non ! Patience !

Salavin est bien résolu à ne pas s'agacer. Il ne tirera pas sa montre du gousset ; il ne s'inquiétera pas plus que de raison. Il regardera Paris ; tout y est divertissement.

Au coin du boulevard, un cinéma engloutit ses dernières gueulées de public. Une grêle sonnerie électrique, qui fait songer aux petites gares de province, tremble quelque part, entre les escarboucles de la façade ; et Salavin la cherche des yeux, sans la trouver. Est-elle autre chose qu'une forme maladive du silence ? Est-elle là-bas, parmi les ampoules bigarrées, ou seulement dans les oreilles, seulement dans la tête de Salavin ? Attention ! Ne pas s'agacer ! Salavin serre un peu les mâchoires et regarde la foule.

Les hommes et les femmes entrent au cinéma sans empressement, sans joie, dirait-on. Ils vont là comme au bureau. C'est l'heure du plaisir ;

nul moyen de s'y soustraire. Des couples étroi-
tement serrés foncent droit vers les lumières et
la sonnerie — encore cette sonnerie, bon Dieu !
— Ils resteront longtemps, les mains mêlées,
cuisse contre cuisse, dans l'obscurité traversée
d'images épileptiques. Ils attendront là l'heure
de l'amour. Salavin ne saurait rien leur envier.
Pourquoi sent-il monter en lui une espèce de
ressentiment contre tout cet amour auquel il
n'aura point part ?

Il ne regardera plus les couples ; il regardera
plutôt ce gringalet qui hésite, le front plissé,
sous la caresse frémissante de la sonnerie. Le
gringalet lève la tête ; il a, sous les narines, une
moustache taillée court, semblable à une morve
de cirage. Il regarde Salavin cruellement, droit
dans les yeux, comme s'il voulait le tuer. Puis
il astique, à tour de rôle, chacune de ses chaussures en la frottant prestement contre le jarret
du côté opposé. Il hausse les épaules, crache un
mégot et pique une tête dans le cinéma.

Salavin n'aime pas ces affreuses petites goua-
pes. Il sent monter un flot de colère. Que fait
donc Edouard, lui qui est robuste et pourrait, au
besoin, mettre à la raison, d'un coup de poing...
D'ailleurs, si Edouard était exact, Salavin n'aurait pas à souffrir le regard insolent de pareils
apaches. Attention ! Attention ! Ne pas s'irriter !
Edouard n'a que quelques minutes de retard ;
il va paraître au coin de la rue du Faubourg-

Poissonnière. Peut-être arrivera-t-il par une autre voie : sa bonne figure va soudain faire irrup-
tion dans le cône de clarté. Patience !

Salavin s'exhorte au calme, tourne le dos au
cinéma et contemple la chaussée. Des chauffeurs
sans clients y circulent d'une roue paresseuse ;
ils attardent sur Salavin un regard de prostituée
qui racole, un regard si provocant que Salavin
baisse les yeux. A ce moment même, une voix de
femme lui part dans le cou, comme un jet d'eau
tiède. En dix mots énergiques, une dame inconnue fait l'apologie de l'amour. Salavin ne peut
réprimer un frisson d'impatience. Il aperçoit des
mains grasses aux ongles polis mais en deuil, un
visage bouffi sur lequel végètent deux lèvres pro-
digieuses. Salavin bat en retraite, met les poings
dans ses poches et reçoit une injure fort humi-
liante entre les omoplates. Encore quelque chose
à porter au compte d'Edouard, car Edouard
n'arrive pas et, en dépit de toute sagesse, ce ne
laisse pas d'être inquiétant.

Où regarder, mon Dieu ? Où se réfugier ? Salavin rassemble sa barbe et la mordille. C'est
un symptôme fâcheux. Il baisse la tête et regarde
en lui-même. Ce n'est pas là qu'il trouve la paix,
d'habitude.

Il se rappelle qu'il a laissé, dans sa chambre,
accroché au porte-manteau, son veston d'intérieur dont une manche était à l'envers. A trois
reprises, il s'est arrêté, dans l'escalier, saisi d'un

crispant besoin de remonter chez lui, rien que
pour remettre à l'endroit cette malheureuse
manche. Il ne l'a pas fait ; il a eu tort. Il y pense
maintenant avec une impression de gêne physi-
que, comme s'il avait la peau pincée dans une
boutonnière, ou la paupière retournée.

Plusieurs minutes s'écoulent durant lesquelles
Salavin fait de violents efforts, à l'intérieur de
lui-même. Est-il donc possible de retourner une
manche rien qu'en y pensant ?

Edouard a grand tort d'être en retard ce soir.
Il ne saura jamais à quel point il a tort. Un Salavin d'autrefois, un Salavin presque oublié,
longtemps refoulé dans les profondeurs, émerge,
monstre tourmenté, à la surface du temps. C'est
lui, c'est ce Salavin maudit qui grince des dents
au souvenir de la manche retournée. C'est encore
lui qui, tout à coup, évoque en ricanant « le
monsieur de l'autobus ».

Oui, le monsieur de l'autobus !

Ah ! il vaudrait mieux l'oublier, lui et son cheveu blanc. C'était un homme fort proprement
vêtu et qui, tout à l'heure encore, était assis en
face de Salavin dans l'autobus. Il était jeune
et brun ; mais, au revers de son pardessus, se
tortillait un long et inexplicable cheveu blanc.
Pendant tout le voyage, l'inconnu est resté assis
devant Salavin, avec ce cheveu blanc injurieuse-
ment exposé sur l'étoffe sombre. Salavin aurait
voulu être l'ami de ce monsieur, rien que pour

lui enlever, d'un geste discret, ce cheveu étranger, absurde. Salavin aurait bien donné vingt sous, cent sous, pour avoir le droit de porter la main sur le vêtement de ce monsieur et d'en chasser l'étrange cheveu blanc, et, pendant tout le voyage, il a dû se contenter de ruminer dans sa tête un drame compliqué pour légitimer la présence du cheveu blanc. Il songe maintenant que l'homme est loin, avec son cheveu blanc, et il en ressent un insupportable malaise.

Que fait Edouard ? Qu'il arrive, le bougre ! Qu'il arrive et peut-être Salavin sera-t-il délivré du cheveu blanc.

Mais Edouard n'arrive pas. Salavin se rappelle alors qu'au moment où il quittait la rue du Pot-de-Fer, il a pensé une chose fort importante qui lui est, presque aussitôt, sortie de l'esprit. Impossible de remettre la griffe sur cette pensée rétive. Salavin s'épuise à de véhémentes gymnastiques. Inutile : la pensée est perdue. Son ombre traverse parfois l'esprit de l'homme, comme un lièvre forcé traverse une allée forestière. Mais ce n'est qu'une ombre. Salavin est très malheureux. La manche retournée, le cheveu blanc, la pensée infidèle ; c'est trop pour un seul homme, pour un homme que son vieil ami est en train de négliger ou de trahir.

Salavin trépigne et se reprend à tourner comme une rosse au manège. Force centrifuge : il finit par sortir du disque lumineux. Il frôle le

mur du cinéma ; il frôle cette affiche imbécile
dont l'angle décollé, déchiré, pend comme une
loque. Saisir le bout de papier et le détacher tout
à fait, comme cela soulagerait Salavin ! Il ne
peut pas : l'employé du cinéma le regarde. Un
sergent de ville, immobile comme la statue de
l'ennui, regarde aussi Salavin, si fixement qu'il
a l'air de le surveiller. Evidemment !

Non, non ! L'agent s'éloigne.

Diable ! Depuis combien de temps Salavin
attend-il ? Une main que l'esprit désavoue se
glisse dans la poche du gilet. Un œil que le cœur
désapprouve se glisse vers la montre mise à l'air.
Une demi-heure ! Oui, une demi-heure de retard ! C'est scandaleux ! C'est offensant ! Jamais Edouard ne s'est encore permis...

Salavin revient sous le réverbère. L'espace
clair est occupé. Un vieillard visiblement pris de
boisson y exprime à haute voix ses préoccupations intimes. Il grogne : « Obéir à plus bête que
moi ! Depuis ce temps-là, j'ai été mon maître...
ou presque. » Sur cette restriction, l'ivrogne demande assistance au réverbère et répète sage-
ment «... ou presque ».

Salavin s'éloigne avec dégoût. Il jette aux passants un regard chargé de réprobation ; il
reporte sur tous les passants la colère qui gronde
en son cœur pour Edouard. Il murmure sourdement contre ces quartiers du nord où il ne s'a-
venture presque jamais et dont les habitants ne

sont pas, juge-t-il, de la même race que lui. Rien
que des visages hostiles, des démarches ridicules
ou antipathiques.

Neuf heures et demie ! Que devient leur projet de promenade ? Cette belle balade nocturne
à Montmartre ! Tout est manqué, tout est perdu. Il va sûrement pleuvoir. Le ciel va s'associer
à Edouard pour tourmenter le trop confiant ami.
Salavin se sent la bouche amère. Il doit avoir
mauvaise haleine. Tant pis ! Il veut fumer encore une cigarette.

Mais, au fait, n'y aurait-il pas erreur ? Erreur
sur l'heure d'abord ? Salavin court jusqu'au café
voisin et lit, à l'horloge, dix heures moins vingt-
cinq. Erreur sur le lieu, peut-être ? Le rendez-
vous était-il bien fixé à cet angle des deux boulevards ? Salavin traverse le carrefour au pas de
course, bondissant entre les tramways et les
automobiles. Il lui a semblé apercevoir, au coin
du boulevard Barbès, une silhouette semblable
à celle d'Edouard.

Il s'est trompé. D'ailleurs, il ne pouvait y avoir
aucune erreur sur le lieu du rendez-vous. Il faut,
vite, revenir à son poste. L'ivrogne est parti.
L'espace clair est libre. Salavin s'y établit, le
cœur gros.

Et, soudain, que se passe-t-il ? D'où vient ce
malaise, cette sensation de douche froide, cette
impression de dessaisissement brusque, d'absence ? La sonnerie du cinéma s'est arrêtée. Malgré

le grondement des voitures, malgré l'immense bavardage de la foule, malgré les orages du métro aérien, un silence inquiétant envahit le monde. Salavin donnerait un doigt de sa main pour que la sonnerie reprît. Il comprend qu'il est très tard et que le cinéma renonce, pour ce soir, à grossir son troupeau.

Ah ! Edouard, Edouard, que de mal tu peux faire à ton ami ! Viens ! Viens ! On ne te montrera pas mauvais visage ; la soirée ne sera peut-être pas complètement perdue.

Salavin s'use les yeux à chercher, au loin, parmi les passants, l'ombre familière, la haute et massive stature. Il est tout entier, maintenant, en proie au démon de l'attente. Qu'importent les filles, les apaches, les flics, les couples, les ivrognes, les chauffeurs exaspérants ! Qu'importe l'univers entier ! Mais que l'attente finisse !

Une rageuse envie de pleurer se gonfle, comme une glande malade, dans la gorge de Salavin.

Edouard est peut-être souffrant. Peut-être gît-il, à cette heure, dans un lit d'hôpital. Il a été renversé par une voiture, assailli par un voyou... Ces hypothèses funestes trouvent Salavin presque serein. La maladie, la blessure, choses terribles, évidemment ; mais Edouard ne sera pardonné qu'à ce prix.

Ah ! Ah ! Serait-ce Edouard, là-bas ? Non ! Edouard est moins élégant, moins alerte. Car Edouard est un peu lourd ; il est même balourd ;

il est même lourdaud. Il est presque ridicule. Il
est laid.

La colère est déchaînée ; elle ravage l'âme de
Salavin. Il perçoit tous les défauts, toutes les im-
perfections physiques et morales de son ami. Il
voudrait le tenir là, sous ses yeux, et l'insulter,
lui cracher au visage. Il le hait.

Salavin se considère lui-même avec horreur.
Quoi ! Que vient-il de penser ? Son ami ! Son
cher et fidèle ami ! Va-t-il le détester pour quelques instants de négligence ou d'oubli ? Moins,
peut-être : une panne de métro, un petit ennui
de famille.

Ah bien, oui ! Salavin ressent tout à coup pour
Edouard une amitié farouche, furieuse, qui a les
accents et les expressions de la haine.

D'ailleurs, c'est bien simple : Salavin va s'en
aller. Il va renoncer à ce rendez-vous manqué,
il va tout planter là. Il est clair qu'Edouard ne
viendra pas. L'attendre plus longtemps serait
pure niaiserie, complaisance indigne, jobarderie.

Encore cinq minutes et Salavin s'en ira.

Il attend six, sept minutes et ne s'en va pas.
Il attend dix minutes et ne se décide point à
partir. Si Edouard arrivait, Salavin n'aurait plus
aucun plaisir. Il attend néanmoins, et se le reproche amèrement.

Dix heures sonnent par-dessus les maisons.
C'était le dernier délai. Salavin s'éloigne, fouil-
lant encore de l'œil les profondeurs du boule-

vard. Il fait vingt pas ; puis il revient sous le
bec de gaz. On ne sait jamais.

Il a raison : on ne sait jamais. De la rue du
Faubourg-Poissonnière, une ombre a jailli, un
homme lancé au pas de course. C'est Edouard !
Salavin en est, tout à coup, très sûr. Il ne comprends pas comment il a pu se méprendre à
d'autres silhouettes !

Quelque chose, dans le cœur de Salavin, se
détend et se brise comme un ressort gémissant.

C'est Edouard ! Qu'importe ! Salavin a trop
attendu. Deux heures d'Edouard ne valent quand
même pas cette heure de torture et d'exaspéra-
tion.

C'est Edouard ! Il arrive, en sueur, bredouil-
lant des excuses informes qui s'empêtrent dans
sa moustache. Qu'importe ! Qu'importe à Salavin ! Il ne parvient même pas à trouver un mot
de réponse, à formuler au moins une injure cordiale, à rassembler ses traits pour un sourire. Il
laisse peser, dans les mains d'Edouard, une main
qui n'est pas hostile, mais morte. Il est là, devant
Edouard, comme un fantôme d'ami. Il se sent
épuisé.

Edouard murmure :

— Tu m'attendais encore ! Tu comptais encore
sur moi !

Salavin répondra-t-il à Edouard qu'en vérité
il ne comptait plus sur personne et qu'il restait
là, sous le bec de gaz, pour s'enivrer de sa dé-
ception ?

Edouard saisit Salavin par le bras et l'entraîne. Longtemps, ils marchent côte à côte, en silence. Puis Salavin revient tout doucement à soi, et sa colère renaît avec sa vie.

Ils se lancent des phrases courtes, sans tendresse, sans vigueur. Un homme qui les suivrait, dans l'ombre des ruelles somnolentes, entendrait deux voix moroses échanger des propos tels :

— J'avais un peu mal aux dents, depuis ce matin...

— Vrai ? C'est curieux : il faut toujours que tu aies quelque chose, toi !

Une lente querelle se traîne, deux heures durant, d'une rue dans l'autre, à travers Paris.

XVII

Un jour, à la Bécasse, vers la fin du repas, Salavin repoussa son assiette avec un geste de dédain.

— Comment, dit-il, comment digérer ces pauvres choses ? Des mets sans imagination !

Edouard, qui digérait tout et promptement, approuva toutefois Salavin d'un signe de tête.

Ils sortirent et s'allèrent promener sur le boulevard Bourdon. Salavin resta quelque temps pensif, puis il avoua, d'un air mystérieux :

— J'ai lu un livre... Le héros mange des pieds de porc arrosés de crème aigre et, pour finir, il boit un verre d'eau-de-vie. Ça, du moins, ce n'est pas ordinaire !

Edouard dressa l'oreille. Il n'avait pas coutume d'assouvir sa gourmandise avec des mots ; il répondit :

— Des pieds de porcs arrosés de crème aigre ? Ça peut se trouver.

— Peuh ! fit Salavin, tout est si médiocre, dans ce malheureux pays.

Le lendemain, comme les deux amis masti- quaient une entrecôte rebelle, Salavin dit avec dépit :

— C'est dur, et c'est insignifiant.

Edouard en convint.

— Nous mangeons toujours les mêmes nour- ritures, poursuivit Salavin, et nous nous abrutis- sons. Les Orientaux mangent des choses éton- nantes : des pistaches farcies, du poulpe frit, et ils boivent de la boukha, bien que leur religion le leur interdise.

— Qu'est-ce que la boukha ?

— C'est de l'eau-de-vie de figue. Ils boivent de la boukha et du lagmi, du vin de palmier.

Edouard fit claquer sa langue contre son pa- lais. Le mot de lagmi lui disait quelque chose.

— Ah ! poursuivit Salavin, comment pouvons- nous avoir des idées originales, avec ce régime de prisonniers, ces haricots, ces ragoûts ? Les Russes mangent presque exclusivement des hors- d'œuvre : des concombres salés, des champignons secs, des œufs de poisson. Ils mangent debout, en buvant du kvas. Et, quand ils sont ivres, ils vomissent, discrètement, dans la poche intérieure de leur veston.

Salavin parla longtemps sur ces divers thèmes.

— As-tu lu Dickens ? Ah ! voilà des romans où l'on mange aussi des choses étonnantes. Quels

jambons ! Quelle bière ! Quelles tartines gril-
lées ! Moi qui n'ai presque jamais faim, j'ai connu le grand appétit à lire les romans de Dickens.

Edouard était lent à s'ébranler. Il ne désirait
d'ordinaire que les choses à lui destinées par les
traditions de la race et les lois du climat. Les
paroles de Salavin finirent pourtant par lui
échauffer l'imagination. Il haussa les épaules :

— C'est vrai, dit-il, nous broutons comme des
bêtes au piquet, et ce n'est guère intéressant.
Quand j'étais petit, je lisais et relisais *Le Capi-
taine Fracasse ;* on y parlait à tout instant de
mangeailles surprenantes et, surtout, d'une chose
qu'on sert sur un linge blanc et qui tremble comme de la gélatine. Je crois que ça s'appelait de la
miasson. Je n'ai jamais su ce que c'était ; mais
ça m'a toujours fait envie. Je ne peux y penser
sans voir des châteaux, des comédiennes en
voyage et des gentilshommes qui s'administrent
de grands coups d'épée. C'est épatant !

Il bourra sa pipe et l'alluma, l'œil vague.

— Et le tabac ! reprit Salavin. Nous fumons
des saletés : toujours cette même marchandise
puante que l'Etat nous fabrique. Il faudrait fumer de la chira, du takrouri.

Ils sortirent du restaurant et continuèrent à
deviser avec une sombre ardeur. Ils s'enivraient
de mots exotiques ; ils disaient arack, koumin,
chicha, peterman, et les syllabes leur montaient
à la tête. Ils évoquaient ces mets prestigieux des

voyageurs : le pied d'ours, la trompe de tapir, les œufs de tortue marine, la bosse de zébu. Ils mâchaient en rêve des feuilles de coca, du bétel.

Le soir, en absorbant les honnêtes repas de Clémentine, Edouard grommelait, avec une cynique ingratitude :

— Toujours des haricots verts ? Pourquoi n'essayes-tu pas le soja ?

Clémentine répondait :

— Apporte-m'en et copie-moi la recette.

La satiété vint, par l'excès même de ces débauches chimériques. Un jour qu'Edouard parlait avec componction de certain lard de phoque à goût de noisette dont les Esquimaux sont friands, Salavin s'assombrit et ne répondit que par un geste évasif.

Edouard fut dérouté : il ne s'attendait pas à voir mépriser son lard de phoque à goût de noisette. Il ressentit un vif dépit, tel un amphitryon dont on dédaigne les inventions culinaires.

— Vois-tu, dit Salavin, il ne faut pas toujours penser à ces boustifailles.

Il fit une grimace de répugnance. Le lard de phoque ne passait pas. Edouard protesta faiblement : « Mais alors... » Il y eut un silence Salavin rêvait, tête basse. Puis, d'une voix réticente :

— Il faudrait d'abord...

Nouvelle pause. Edouard insista :

— Il faudrait... Quoi ?

— Ah ! dit Salavin, il faudrait vivre une vie nouvelle.

Il s'arrêta décidément et, ce jour-là, Edouard ne put obtenir aucun éclaircissement. « Une vie nouvelle ? Comment peut-on vivre une autre vie que sa propre vie ? Pour vivre une vie nouvelle, ne faut-il pas, tout d'abord, mourir ? Et mourir, est-ce donc une chose souhaitable ? »

Une semaine s'écoula. Salavin demeurait taciturne et comme accablé. Il hochait parfois la tête et la même phrase lui sortait des lèvres, dans un souffle : « Il faudrait vivre une vie nouvelle ! » Il en vint, peu à peu, à développer sa pensée. Il disait : « Cette vie que nous menons est indigne de nous. Rien que de vil et de grossier. Pas de noblesse, pas de grandeur. Il faudrait tout changer, tout détruire. Et puis vivre une vie nouvelle ! »

Edouard prit quelque temps pour se complaire à ce sublime projet. Sa vie lui avait semblé, jusque-là, innocente, belle et remplie. Il fit de généreux efforts pour la voir vaine, laide et coupable. Il y parvint, car, sur toutes les choses de l'âme, il accordait à Salavin un crédit illimité.

Une remarquable période commença pour eux, pendant laquelle le mécontentement fut leur unique étude, leur préoccupation majeure, leur joie. Ils portèrent le découragement jusqu'aux limites de la passion et le dégoût jusqu'à l'extase. Ils décriaient le monde entier et s'humiliaient eux-mêmes avec cette rage que peut seul enflammer un orgueil furieux.

La vie nouvelle ! Ils en parlaient chaque jour et comme d'une chose si nécessaire qu'elle se devait d'être irréalisable. Ils l'attendaient comme une révélation. Un signal leur serait donné, et ils n'auraient qu'à se soumettre ; mais avec quelle flamme ! avec quelle ferveur !

Quand ils se retrouvaient, après une journée de séparation, ils se considéraient d'un œil anxieux, chacun espérant que l'autre avait enfin reçu le mystérieux, le salutaire message.

La crise dura plusieurs semaines. A aucun moment il ne leur vint à l'esprit qu'il dépendait d'eux de prendre une décision, de faire un acte initial et efficace, de briser une vieille habitude, de renoncer à quelque chose ou de partir à la découverte. A aucun moment, ils ne songèrent sérieusement à renouveler leur vie, bien qu'ils souhaitassent vivre une vie nouvelle.

Au plus fort du malaise, un dimanche matin, Edouard, qui avait mal dormi, se mit à parcourir son logis, les mains aux poches, le visage sombre et courroucé.

Clémentine se disposait à sortir et, plantée devant le miroir, équilibrait un chapeau largement ailé.

— Veux-tu sortir avec moi ? dit-elle.

— Non, répondit Edouard. Pas aujourd'hui.

Sa voix, si vaillante d'ordinaire, était sourde

et détendue. Clémentine pressentait quelque
chose d'anormal, mais ne laissa paraître aucun
étonnement.

— Que comptes-tu donc faire, aujourd'hui ?

— Oh ! rien ! Rien, bien sûr !

Il n'avait pas prémédité d'en dire davantage.
Il fut ahuri de s'entendre prononcer des paroles
solennelles :

— Avant de faire quoi que ce soit, il faudrait
commencer par vivre une vie nouvelle !

Il eut l'impression qu'un troublant aveu venait de lui échapper. Il attendit, pâle d'émotion.
Clémentine répondit avec simplicité :

— C'est ce que je t'ai toujours dit.

Elle était coiffée, gantée. Elle souleva sa voi-
lette. Son chapeau la gênait un peu ; elle se
pencha, dans une posture compliquée, attentive,
comme un savant qui va pratiquer quelque
difficile opération chirurgicale, et elle embrassa
Edouard sur la bouche.

Il comprit que cette grande affaire de vie
nouvelle resterait un secret entre Salavin et lui.

A quelque temps de là, un changement notable se manifesta dans les propos et les manières
de Salavin. Il se prit à sourire d'un air modeste,
désabusé. Il compulsait à tout instant un petit
Manuel d'Epictète qu'il avait couvert de notes
manuscrites et qu'il portait toujours sur soi. Il
entreprit, à diverses reprises, un éloge intempé-
rant de la philosophie stoïcienne.

Un soir qu'ils faisaient la queue au guichet de
l'Odéon, ils eurent une vive altercation avec un
malotru qui menaçait de les pourfendre.
Edouard serrait déjà les poings. Salavin fut
admirable. Il dit au matamore : « Frappez si
vous voulez ! Vous entendrez pourtant ce que je
dois vous dire. »

L'affaire n'eut aucune suite. Mais après le
spectacle, comme ils remontaient vers leur gîte,
longeant les grilles du Luxembourg, Edouard
exhala sa fureur : « Partir ! Laisser là ce monde
de fantoches et de canailles ! Tout recommencer ! Vivre une vie nouvelle ! »

— A quoi bon ? répondit Salavin en levant
une main, paume ouverte. A quoi bon ? Les
hommes sont partout les hommes. La vie est
toujours la vie. Ce qu'il faut, c'est se faire à la
résignation.

Il avançait avec sérénité, dans la fraîcheur de
minuit. Il disserta de la résignation. Edouard le
suivait, étonné, en retard d'un pas, comme toujours,

Ils ne parlèrent plus jamais de la vie nouvelle.
Edouard mit plusieurs mois à retrouver le goût
de ses mets favoris et la certitude qu'il vivait
justement sa vraie vie.

XVIII

CERTAIN mardi, Salavin ne parut pas à la
Bécasse. Edouard l'attendit, mangea seul,
admit plusieurs hypothèses et s'en fut à ses
affaires, qui étaient pressantes, ce jour-là.

Le lendemain, pas de Salavin. Et, cette fois,
Edouard de s'inquiéter.

Il écourta l'après-midi de travail et vola rue
du Pot-de-Fer. Il y arriva vers cinq heures, à la
fin du jour ; on était en automne.

Tout en remontant l'escalier, il imaginait un
Salavin alité, gravement malade. La scarlatine !
La diphtérie ! La fièvre typhoïde ! Rien de
moins : Edouard voyait large.

Ce fut Salavin qui ouvrit la porte. Un Salavin
défiguré, une ombre de Salavin. Il traînait une
paire de savates fourbues ; il était en chemise
de nuit, les cheveux emmêlés, la barbe en
déroute, le teint verdâtre. A la vue d'Edouard,

il laissa paraître une morne contrariété. Edouard
n'y prit garde ; il avait d'autres préoccupations.
En ce Salavin ignoré, qui restait planté devant
lui, se mordillant le bout des doigts, il lui semblait reconnaître un autre Salavin, légendaire,
et qu'il avait cru deviner, parfois, à travers des
confidences furtives, des aveux, des allusions.

Edouard ne fut pas surpris, mais plutôt
rassuré, comme quelqu'un qui voit enfin se produire un phénomène redouté depuis longtemps.

— Entre ! dit Salavin d'une voix sans timbre
et que, seule, une sensible lassitude empêchait
d'être agressive.

Ils se trouvèrent face à face, dans la salle à
manger ; Salavin se laissa tomber sur une vieille
chaise dont il tourmenta le cannage d'un ongle
distrait. Edouard attendit un bon moment, puis,
brusque et cordial :

— Eh bien ! Qu'y a-t-il ? Que se passe-t-il ?

Salavin haussa les épaules, regarda par terre.

— J'ai perdu ma place.

Il sourit avec mélancolie et ajouta : « Pour
changer. » Puis il roula une cigarette et ne dit
plus rien.

Edouard fit quelques pas dans la pièce. Il
plissait de son mieux un front promis à des
pensées sereines. Il voulait comprendre Salavin
tout entier et n'était pas sûr d'y parvenir. Il se
sentait le cœur débordant de sympathie et n'en
avait pas moins l'air d'un juge :

— Il y a combien de temps ?

— Avant-hier.

— Comme ça ? Sans crier gare ?

— Comme ça.

— C'est impossible ! Tu as eu quelque démêlé...

— Oui, le chef de bureau m'a tenu des propos inacceptables.

— Alors, tu es parti ?

— Je suis parti.

Edouard cessa de marcher, enfonça ses mains dans ses poches et déclara :

— Rien d'autre à faire, évidemment !

Comme Salavin ne relevait pas les yeux, Edouard put le regarder à loisir.

Il n'avait pas l'air accablé, mais sombrement satisfait, tels ces gens qui, à chaque nouveau coup de la mauvaise fortune, s'écrient, avec orgueil et entêtement : « Je vous l'avais bien dit. Je me connais mieux que quiconque ; cette offense m'était bien due ! Elle n'a que trop tardé. » Débraillé, humilié, il semblait à l'aise, comme un homme qui, après une longue contrainte, vient enfin de réintégrer son personnage, comme un proscrit qui a reçu ses lettres de grâce retrouve sa terre natale. On eût dit que la situation normale de Salavin était précisément d'être dépourvu de situation.

Edouard ne poussa pas plus loin son analyse. Il prit, de Salavin, juste ce qu'il fallait pour revenir utilement à soi-même et délibérer. En tous

lieux et toujours. Edouard était « l'homme de la
situation », celui sur qui l'on compte pour re-
dresser le gouvernail, rétablir l'ordre, engager
les pourparlers. Il s'étonna d'avoir attendu si
longuement l'occasion d'être, pour Salavin, non
seulement l'ami précieux, mais encore le compagnon indispensable et providentiel. Il commença
donc par se frotter les mains avec une énergie
contenue : l'heure était venue de montrer qu'il
n'était pas un ami comme les autres, de donner,
en même temps, la mesure de son dévouement
et de sa puissance.

— Louis, dit-il, que vas-tu faire ?

Salavin eut un imperceptible mouvement du
dos, ce qui signifiait : « Ça ne me regarde plus.
J'ai joué ma partie. A d'autres le cornet. »

Voilà précisément ce qu'espérait Edouard : un
Salavin courageux et déterminé l'eût, sans doute,
frustré de toute initiative. Il ouvrit la bouche :

— Louis ! Veux-tu me laisser faire ?

Les gens prudents se bornent à de telles phrases ; Edouard avait, de l'amitié, une conception
moins laconique. Il prononça tout un copieux
discours pour faire entendre à Salavin que, du
vivant d'Edouard — et Dieu merci ! sa santé ne
donnait aucune inquiétude — Salavin pourrait
tenir négligeables les fantaisies de l'adversité. A
cette occasion, et uniquement dans le dessein
d'accroître la confiance qu'il souhaitait d'inspirer,
Edouard fit, de son propre caractère, un éloge

discret et précis qui faillit lui tirer des larmes.
Il dut s'interrompre et, soudain :

— As-tu besoin de quelque chose ?

Salavin releva un peu la tête et demanda :

— De quoi ?

Edouard rougit. Le mot d'argent lui paraissant
impertinent, il prit quelque détour et improvisa
de nouveaux développements oratoires : « Lui,
Edouard, n'avait pas de besoins ; il méprisait
les biens de ce monde. Obliger ses amis était la
seule joie véritable... » Ce disant, il appliquait de
larges tapes sur les épaules de Salavin. Et, comme Salavin résistait en se contractant, Edouard
frappa plus fort. Il disait, essoufflé : « Voyons !
voyons ! » Et, pour finir :

— Vrai ? Besoin de rien ?

Salavin fit « non » de la tête. Alors Edouard
cligna de l'œil et, d'un air mystérieux :

— Eh bien, laisse-moi faire. Compris ?

Il secoua les mains de Salavin et s'en fut, débordant de lyrisme, prodiguant les encourage-
ments : « Tout va s'arranger. J'ai mon plan. Il
suffit que je m'en mêle. Aie confiance en ton
ami ! »

Il quitta la rue du Pot-de-Fer, le cœur gonflé
de joie. Il n'avait plus aucun doute sur sa vocation. En s'engageant dans la rue Rataud, vide
et sonore comme une venelle de province, il
murmurait entre ses dents :

— Voilà ! je suis un chic type, un chic type !

On ne le revit que le surlendemain, à l'heure
du dîner. Il s'assit près de la machine à coudre ;
il souriait d'un air à la fois familier et diploma-
tique. Comme il avait une grande maîtrise de
soi, dans les circonstances délicates, il laissa passer dix bonnes minutes avant de produire son
message. Puis il dit, avec la gravité d'un pléni-
potentiaire :

— Louis, je me suis entretenu, à ton sujet, hier
et aujourd'hui, avec MM. Vedel et Gayet. Il y a
une place pour toi, au secrétariat. Tu entres en
fonctions dès lundi matin... Si toutefois la pro-
position t'agrée.

Il s'efforçait à la réserve et à la modestie ;
mais ses yeux étincelaient, et, dans sa voix,
s'éveillaient des trompettes.

Il se fit un grand silence. Mme Salavin laissa
glisser sa serviette par terre, ses doigts se mirent
à trembler et tout le monde put s'en apercevoir,
car sa vieille alliance d'or fit, contre le verre
qu'elle allait saisir, un infime bruit de casta-
gnettes. Marguerite fixa sur son mari un regard
luisant de joie. Sans mot dire, Salavin tendit,
par-dessus la table une main qu'Edouard con-
serva dans les siennes longtemps, si longtemps
que Salavin en éprouva quelque fatigue.

Et, comme Salavin ne disait toujours rien, ce
fut Edouard qui parla. Il commença donc en ces
termes : « Ne me remercie pas : je suis trop content que tu me doives, à moi, ce petit service... »

Le lendemain matin, Edouard, à son réveil, reçut une lettre de Salavin : quatre pages sur l'âme, sur l'éternité, la vie, la mort, quatre pages d'une écriture fine et rapide, quatre pages de métaphysique délirante qu'Edouard huma pieusement. « Ah ! songeait-il, quelle belle idée ! Quelle pudeur ! Et comme il me comprend ! »

Dès le lundi, Salavin débuta chez Vedel et Gayet. La vie des deux amis s'en trouva notablement modifiée. « On ne se quittera presque plus ! » disait Edouard.

Il passait, le matin, rue du Pot-de Fer, vers huit heures et sifflait la diane. Quelques instants plus tard, Salavin sortait de la maison, boutonnant son paletot à la hâte ou finissant de se curer les ongles. Il était parfois en retard de cinq à dix minutes. Edouard s'écriait : « Allons, ouste ! Nous allons arriver après le dernier coup de sirène. » Mais, ces jours-là, Salavin se montrait sombre et hargneux durant tout le trajet. Edouard finit par ne plus rien dire et se contentait de presser le pas. Salavin protestait : « Nous trottons comme des bêtes de somme. Nous ne voyons rien de la vie. »

Un jour, il soupira : « Nous arriverons toujours assez tôt à la boîte. » Edouard fit halte, stupéfait. Depuis bien des années, il disait fièrement : « Le laboratoire. » Ce mot de « boîte » le blessait dans sa dignité personnelle. Il rectifia : « J'ai l'habitude d'arriver de bonne heure au la-

boratoire. J'ai beaucoup de travail. » Salavin eut
un geste qui signifiait : « Ah ! toi ! » Mais il n'en
continua pas moins, dans leurs entretiens privés,
de prononcer, avec une légère ironie, « la boîte ».
Edouard s'y fit peu à peu. Un soir même il dit à
Salavin : « Tu sais que, jeudi, on ferme la boîte. »
A peine la phrase lâchée, il éprouva un remords. Il lui sembla qu'il venait d'avilir son cher
travail. Sa résistance était vaincue, néanmoins,
et, dès lors, il adopta la « boîte ».

Les mots vont par tribus. Edouard avait ac-
coutumé de dire : « MM. Vedel et Gayet, ces bons
amis chez qui je travaille. » Il portait ses chaînes
avec une vigoureuse élégance qui ressemblait à
la liberté. Salavin, lui, ne cultivait pas l'euphé-
misme. Il appelait un chat un chat. Edouard eut
des « patrons ».

Autre guitare. Salavin grogne :

— Mon plaisir était, naguère, de flâner un peu,
le matin, à la devanture des bouquinistes et des
libraires. Il n'y en a pas un seul sur le chemin
que nous suivons maintenant pour aller à la
boîte. Partons cinq minutes plus tôt et faisons la
rue des Ecoles, le boulevard Saint-Germain...

Edouard se rendit bien volontiers à ce modeste
désir. Malheureusement, les quelques boutiques
qu'ils purent repérer, sur ce nouvel itinéraire,
n'étaient pas ouvertes à l'heure du parcours matinal. Salavin se répandit en propos chagrins sur
la paresse des commis de librairie.

— Sois raisonnable, dit Edouard : tu juges que nous commençons trop tôt, chez Vedel et Gayet. Tu ne peux blâmer les libraires d'accorder à leurs employés ce que tu réclames pour toi-même.

Cette logique se heurta, chez Salavin, à un mutisme opiniâtre qui était son système de défense favori et qui désespérait Edouard.

— Tout nous est refusé, dit Salavin, le lendemain, en longeant, d'un pas morose, les boutiques encore endormies. On nous donne le pain ; mais on nous prive de ces menues distractions qui sont le sourire des existences laborieuses.

Pendant plusieurs semaines, Edouard entendit, avec résignation, Salavin formuler, sur la maison Vedel et Gayet, maintes critiques parfois paradoxales et souvent ingénieuses. Formulait-il des objections, il recevait aussitôt quelque cinglant : « Toi, tu es toujours avec les plus forts. » Il en vint, lui aussi, à concevoir, d'abord en secret, puis à voix haute, au sujet de la « boîte », des réserves dont l'examen et l'expression lui procuraient une volupté douloureuse. Et quand, pour le récompenser de travaux bien conduits et fructueux, MM. Vedel et Gayet lui déclarèrent qu'il serait, désormais, intéressé dans les bénéfices de la maison, il fut tout étonné de n'en ressentir aucune joie. Il rapporta la chose à Salavin, ajoutant ce bref commentaire : « On me devait bien ça. »

XIX

Edouard siffle la diane et regarde en l'air. Le ciel renfrogné lui lâche trois ou quatre gouttes de pluie au visage et se sauve. Edouard attend. Enfin, d'une fenêtre, tout là-haut, sort une main nerveuse qui s'agite : « Compris ! compris ! nous descendons. »

Edouard attend. Cette main ne lui dit rien de bon. A quel Salavin aurait-il affaire aujourd'hui ?

Une ombre paraît dans le corridor de la bâtisse. Avant même que la clarté ait, de cette ombre, fait un homme, Edouard est renseigné : c'est le Salavin des mauvais jours. Pourtant, Edouard a quitté, la veille, un Salavin jovial et gouailleur, un Salavin vivant et affectueux. La roue a tourné pendant la nuit. Voici, de la maison, sortir un Salavin épineux et glacé.

La main qu'il tend à Edouard est bien celle qu'à

part soi Edouard appelle « la main de mie de
pain ». En vérité, une main désossée dont Salavin
n'accorde souvent que deux doigts. Et, tout de
suite, en route ! Sans un sourire, sans une parole.

Ils ne voguent pas exactement de front : le Salavin des mauvais jours prend une avance d'un
pas. Il se tient toujours à la gauche d'Edouard.
Que si, par distraction, Edouard change d'allure
ou de côté, Salavin fronce les sourcils, repasse à
sa place et rétablit la distance. Que si même, pour
traverser la chaussée, Edouard vient à saisir le
bras de son ami, Salavin a une façon circonspecte
et têtue de se dégager en murmurant, serait-ce au
cœur de l'hiver : « J'ai trop chaud. »

Ils vont ainsi. Salavin semble sécréter du silence. Il en est tout capitonné. Son visage ? Désert. Nul besoin d'une grande perspicacité pour,
sur ce front durci, lire comme sur un large
écriteau : « Il n'y a personne. »

Edouard, cependant, veut douter encore. Il
songe : « Le dernier accès date, au plus, de dix
jours. C'est trop tôt. Je dois me tromper. » Il
aventure quelques paroles obligeantes, quelques
plaisanteries éprouvées. Vains efforts. Il lui faut
se rendre à l'évidence : c'est la crise périodique.

Tout autre qu'Edouard en attendrait patiemment la fin. Edouard, en dépit de l'expérience,
a des illusions. Il ne désespère pas de conjurer
le péril. Pesant ses mots, surveillant ses intona-
tions, il fait des prodiges pour engager l'entretien

sur un des sujets les moins propres à favoriser les conflits. Il en est pour ses frais. Salavin ne répond pas ou articule des monosyllabes distraits, sans rapports sensibles avec les sujets traités.

Edouard abandonne la partie et rentre en soi-même : « Que lui ai-je fait ? En quoi ai-je pu le blesser ? N'ai-je point eu tort de lui dire que j'aimais les romans d'Alexandre Dumas ? Ou, plutôt, n'est-ce pas mon refus de l'accompagner, hier soir, à la bibliothèque Sainte-Geneviève ? Non, sans doute, il n'avait pas l'air contrarié. Et pourtant... »

Edouard se soumet, méthodiquement, à la question, fouille sa mémoire, en vient à sus-pecter ses moindres propos et gestes : « Sûre-ment, c'est ma faute. Je suis brusque, étourdi. J'ai dû l'offenser. Mais en quoi ? En quoi ? »

Edouard aime la concorde. Vivre sur un malen-tendu lui est un supplice. A vingt reprises, le voilà sur le point de se jeter devant Salavin et de crier : « Expliquons-nous et que cela finisse ! Qu'as-tu donc à me reprocher ? Au moins, dis-le, et je te ferai des excuses. » A vingt reprises, Edouard retient sa langue. Il sait bien que Sa-lavin n'a rien à lui reprocher. Il sait trop bien que Salavin répondrait d'un air excédé : « Tu ne m'as rien fait. Laisse-moi tranquille. »

Tête basse, comme un ourson captif, Edouard suit le lunatique. Parfois, il relève les yeux, tour-mente sa moustache pour se donner une attitude

et considère à la dérobée le peu de visage que lui
montre Salavin. C'est une forteresse inexpugna-
ble. Edouard n'a qu'à lever le siège et à renoncer.
« Rêver de son côté, vivre pour soi, librement. »
Impossible ! Edouard ne peut pas n'être pas
malheureux.

Il sera malheureux tout le jour et, sans doute
aussi le lendemain. Le déjeuner, à la Bécasse,
sera terrible. Pas un mot ; pas une grimace ; pas
une récrimination. Salavin a autant d'appétit
qu'un condamné à mort. Il n'a même pas l'air de
s'ennuyer ou de souffrir ; il est absent.

L'affliction d'Edouard se teinte peu à peu de
colère : « Il lui dira son fait ! C'en est trop ! Il
va tout planter là et s'en aller. Il reviendra
quand la crise sera passée. »

Il y a des lois : la crise dure ce qu'elle doit
durer. Edouard ne s'en va pas. Il se demande,
lui qui n'a jamais pleuré, même de rage, quelle
est cette sensation pénible qui lui serre la gorge
et l'étouffe.

De temps en temps, il fixe sur Salavin un regard chargé peut-être de rancune, de reproche
sûrement. Salavin n'y prend garde : il a fort à
faire au dedans de lui-même.

Le temps passe ; le soir du deuxième jour arrive. Les deux amis regagnent la montagne
Sainte-Geneviève. Edouard est navré, excédé,
prêt à l'éclat. Il s'efforce de préparer, dans sa
tête, les paroles désagréables qui devront provoquer la déflagration.

Et voilà que, soudain, au détour d'une rue, Salavin ralentit son allure. Il s'arrête même tout à fait, regarde un passant, émet une réflexion sarcastique, en souriant du coin des lèvres.

Edouard se sent le cœur réchauffé d'espoir, tel le voyageur égaré dans une tourmente et qui voit tout à coup sa route sous un rayon clément. Les projets de révolte tombent en poussière. Edouard répond avec empressement à Salavin, l'approuve, l'encourage. Serait-ce la fin du noir accès ? Fasse le ciel qu'il en soit ainsi !

L'orage ne s'éloigne pas tout de suite. Il rôde à l'entour du cœur souffrant. Edouard brave les dernières bourrasques. Il sait qu'il n'y en a plus pour longtemps.

Il multiplie les invites et les petits soins. Il tâche à précipiter la convalescence. Son besoin de paix est plus pressant que son orgueil.

Salavin redevient lui-même. Il parle, il plaisante, il vit. Edouard oubliera tout. La joie qu'il éprouve est en tous points comparable à la gratitude.

Il sera récompensé. Le troisième matin, ayant sifflé la diane sous les fenêtres de la rue du Potde-Fer, il verra descendre un Salavin souriant et purifié : le Salavin des jours heureux.

La crise est finie. Edouard pense, avec un soupir de soulagement : « Nous sommes tranquilles pour une petite quinzaine. »

XX

EDOUARD, laisse-moi porter ça.

— Non ! Je sais que tu n'aimes pas les paquets.

— Sans doute ; mais, aujourd'hui, ça me fait plaisir.

— Penses-tu que je vais t'empoisonner notre balade ?

Assaut de courtoisie. Pesant et ridicule, le paquet gît, entre les deux hommes, comme l'enjeu d'un tournoi. Edouard avance une main et reprend l'offensive.

— Tu sais, pour moi, c'est une plume.

Un nuage obscurcit le visage de Salavin. Edouard le prendrait-il pour un malingre ? Il s'empare délibérément de l'objet :

— Je ne suis pas une femmelette.

— Oh ! proteste Edouard, ce n'est pas ça. Assez de blagues ! Laisse-moi le baluchon.

— Edouard, tu me désobligerais.

— Bien ! Bien ! Tu me le repasseras.

— Ça n'en vaut pas la peine.

Salavin a donc gain de cause et se met en marche allègrement. En vérité, ce paquet ne pèse rien. Encore serait-il incommode et lourd, Salavin n'entend pas en laisser la charge à son cher ami. Le plus pur esprit de sacrifice durcit les muscles de Salavin. C'est bien son tour de savourer les délices de l'abnégation.

De temps en temps, Edouard jette sur le paquet un regard confus et murmure :

— Allons, à moi ! Donne-moi ça !

Salavin feint la fureur :

— Assez ! La paix !

Edouard finit par se taire et par oublier le paquet. Salavin le porte longtemps, longtemps. Ce paquet est plus lourd qu'on ne l'aurait cru tout d'abord. Il passe de la main gauche à la main droite et revient à la main gauche. Edouard a complètement oublié le paquet : il parle de la pluie, des voitures, du gouvernement. Salavin pense au paquet avec une insistance croissante. Pour rien au monde, il ne demanderait à Edouard de le prendre. C'est à Edouard de le réclamer.

Edouard ne réclame rien. Une heure s'étire et Salavin songe avec aigreur qu'Edouard n'a vraiment pas assez insisté pour porter le paquet et qu'il est, quand même, un peu mufle.

Il y a des jours où Edouard n'insiste pas du tout : il ne sait même pas que Salavin doit porter un paquet. Ces jours-là, Salavin, s'il n'est pas en veine de sacrifice, tend simplement le paquet à Edouard et lui dit :

— Toi qui es fort...

Edouard portera le paquet, sans sourciller, et toute la journée s'il le faut. Il demande :

— Quel chemin prenons-nous ?

— Celui que tu voudras, déclare un Salavin magnanime.

— Alors, la rue Saint-Jacques, les quais, les Tuileries...

— Bien !

En arrivant au coin de la rue Saint-Jacques, Edouard esquisse son virage. Salavin le retient :

— Plutôt le boulevard Saint-Michel, veux-tu ?

Edouard n'aime guère le boulevard Saint-Michel. Il cède pourtant. Et voici la Seine.

— Les quais, maintenant !

— Toujours les quais, soupire Salavin. Non ! Prenons la rue de Rivoli.

Edouard cède encore, mais marque un peu d'humeur. Il aura du moins les Tuileries. Espoir fallacieux. Salavin éprouve, pour l'avenue de l'Opéra, une tendresse brusque et impérieuse. Edouard, dérouté, ronchonne :

— Tu n'avais qu'à faire, toi-même, l'itinéraire, au lieu de tout chambarder.

Salavin ne répond pas. Il a beaucoup de sou-

cis avec les voitures ; il enrage, il suffoque d'indignation :

— Cette malheureuse ville devient impossible !
Le piéton y fait figure de gibier.

— Que veux-tu ? il faut prendre son temps
comme il est. La civilisation...

— C'est ça. Parles-en un peu.

Edouard se tait, humilié. Tout le long du chemin, il réfléchit à la civilisation et, le soir venu,
il entreprend Salavin sur ce thème, avec la plus
aimable modération.

— Dis-moi, Louis, toi qui as des idées larges,
des idées généreuses...

— Ah ! dit Salavin avec désespoir, ne me parle
pas des idées généreuses : je suis épouvanté de
voir avec quelle promptitude elles sont adoptées
par les imbéciles.

Edouard s'incline, respectueux des angoisses
de Salavin.

Edouard n'oublie presque jamais de seconder
son ami dans cette opération délicate qui consiste
à endosser un pardessus. Salavin s'insurge faiblement contre ce zèle.

— Merci, merci ! Ne te donne pas la peine.

Edouard se donne toute peine. Il tire les pans
du veston et applique le col avec soin.

Salavin est toujours occupé quand le moment
est venu, pour Edouard, de revêtir aussi son pardessus.

On s'habitue à toutes les douceurs. Salavin, qui

estime un peu servile cette attention de son ami,
remarque sévèrement l'oubli qu'Edouard en fait
parfois. Il pense alors, et non sans raison, qu'E-
douard n'est pas très complaisant : pourquoi né-
glige-t-il des soins que le plus souvent il a l'air
de considérer indispensables ?

L'esclave n'est pas aveugle. Il décide, un soir,
bénévolement, de tout accepter. Il se déjuge le
lendemain. « Je veux bien, rumine-t-il, être dupe ; mais je veux qu'il sache que je sais que je
le suis. Je veux qu'il se rende compte que je me
rends compte. » Aussitôt saisi de repentir, il renonce à toutes représailles.

L'occasion le déconcerte et lui tend des pièges.
Comment résister au plaisir de citer un mot ? Il
s'écrie donc, riant à demi :

— Edouard VII, quand il était prince de Gal-
les, disait à qui voulait l'entendre : « Il n'y a que
les fils de larbins pour ne pas aider les autres à
enfiler leur pardessus. »

— Très joli ! reconnaît Salavin qui goûte l'esprit véritable.

Ce ne sont là que menues querelles. Edouard
n'a rien, absolument rien à reprocher au meilleur des amis, sinon peut-être cette curieuse ma-
nie d'égarer les objets...

Salavin n'égare pas tout ; il n'égare que les
objets d'immédiate nécessité : le ticket de chemin de fer, le briquet, la lettre prête pour la
poste, l'adresse de la personne chez laquelle on

se rend, le coupon de théâtre. Il se trouble, il
rougit, il pâlit, fouille toutes ses poches, les unes
après les autres. Il secoue la tête :

— Inutile de chercher : j'ai perdu les billets.

— Cherche encore. Dans ton portefeuille peut-
être.

— Inutile ! Tu penses que j'y ai regardé. Nous
n'irons pas au théâtre, voilà tout.

Si Edouard n'était pas Edouard, il attendrait
tranquillement que Salavin ait retrouvé les billets. Mais il s'inquiète, ouvre des tiroirs, retourne
ses propres poches, passe par toutes les phases
de l'anxiété ; enfin, convaincu, désolé, il renonce
au théâtre.

— Nous n'irons pas, tant pis.

A ce moment précis, Salavin secoue, par hasard, un livre et en fait tomber les fameux billets
qu'il se rappelle soudain avoir rangés là, pour
plus de sûreté, quelques heures auparavant.

Pendant la belle saison, ils vont passer, ensemble, le dimanche à la campagne. Ils déjeu-
nent dans des auberges où la chère n'est ni fine
ni copieuse. Edouard, qui a un appétit tyran-
nique, ne peut s'empêcher de compter les morceaux dans le plat, et de supputer ce qui lui en
reviendra. Il voudrait bien garder, à table, un
air élégant, détaché. Impossible : il a faim. Hélas, il n'est pas fier de la bête. Il donnerait sa vie
pour son ami. Sa vie, assurément ; mais pas cette
tranche de gigot.

Ils connaissent encore de beaux moments d'enthousiasme et de communion, et ils s'écrient : « Dans trente ans, nous n'aurons que soixante-cinq ans ! Trente ans ! » Sur cette belle découverte, ils gaspillent en une seule après-midi tout un trimestre de joie.

Parfois, il leur semble qu'ils se sont tout dit, qu'ils n'ont absolument plus rien à se donner. Le silence ne leur est point repos : c'est une grève mouvante contre laquelle ils luttent, mais qui les enlise et les digère. Ils font, pour s'échapper de là, des efforts incohérents. Edouard propose de « prendre un pot », car il fait crédit aux vertus cordiales de l'alcool. Ils trinquent. Edouard offre tout de suite une large libation au démon de l'amitié et Salavin lui fait raison s'il se sent l'estomac dispos. Leur cœur rajeunit de cinq ans pendant trente minutes.

Les dieux inquiets ne se contentent point de vin : il leur faut du sang. Quand le silence a trop duré, quand l'ennui, comme une glu puissante, commence de paralyser les âmes, Salavin cherche une victime. Il choisit, parmi les menus camarades communs, le plus odieux, sinon le plus vulnérable ; il l'étend sur l'autel, bouc émissaire. Et les deux amis de s'acharner, à belles griffes, à belles dents. Ils espèrent, grâce au jeu secret des compensations, se découvrir mutuellement autant de mérites qu'à la victime de travers et de vices.

L'entretien se ravive et pétille. Les deux compères ont soudain de l'esprit. Pourquoi sortent-ils de ces festins plus affamés, plus écœurés que jamais ?

Le soir, dans le train du retour, Edouard s'endort. Sa tête vacille, ses traits se détendent, sa bouche s'entr'ouvre. Il est las. Salavin le contemple avec terreur et se promet de ne jamais sommeiller devant autrui, pour ne pas laisser voir son âme.

Ils ne sont plus toujours à l'unisson. Autrefois, le même spectacle leur arrachait des cris jumeaux et si, d'aventure, un mince discord s'élevait, ils multipliaient les concessions réciproques.

Ils ne pensent plus guère de compagnie, maintenant, et quand ils ouvrent la bouche, après un très long silence, ils ne parlent pas la même langue.

Il arrive qu'Edouard s'efforce, deux heures durant, d'intéresser Salavin à la chimie. Salavin écoute d'une oreille attentive. Il a compris. Il va le manifester subtilement. Il ouvre la bouche et dit : « J'ai les reins tout à fait détraqués. Quelle misère ! »

Il arrive que Salavin s'attache à obtenir d'Edouard un tribut de louanges que, justement, ce jour-là, Edouard est bien incapable de lui verser. Salavin s'humilie longtemps et s'en va bredouille, malade de tristesse.

La petite Zize est au lit avec une grosse fièvre.
Edouard court chercher le médecin, prépare les
bains, aide Clémentine à poser les cataplasmes,
se lève, vingt fois la nuit, pour administrer les
cuillerées de potion. Il a le visage immobile, l'œil
fixe, les lèvres serrées. Il ne dit plus un mot. Il
fume, boit et mange comme d'habitude. Salavin
le juge inerte et insensible.

— Mais, dit avec douceur Marguerite, c'est
peut-être qu'il n'a pas la même façon que toi de
souffrir.

Salavin hausse les épaules avec mépris et
gronde :

— Tout de même... Souffrir ! Il ne sait pas ce
que c'est.

La petite Zize guérit inopinément. Salavin, lui,
se rétablit avec lenteur.

Salavin parle de la souffrance en spécialiste. Il
ne redoute ni la difficulté ni la concurrence et
méprise les simples amateurs.

Le sort décourage rarement ces grandes vo-
cations.

XXI

Fragile, chétif, tourmenté d'une intelligence précoce, le petit Pierre, l'enfant de Salavin, venait d'atteindre sa sixième année quand il tomba gravement malade.

Edouard dit :

— Il nous faut obtenir une consultation de Chabot. Je le connais un peu, nous avons été camarades, au lycée, il y a vingt ans. Ne t'inquiète pas : je me charge de tout.

Salavin était atterré ; il courba le dos et répondit :

— Fais ce que tu voudras. Je suis à bout de forces.

Chabot vint donc rue du Pot-de-Fer. Il examina l'enfant, le prit sur ses genoux et se mit à poser diverses questions, considérant avec attention Salavin, Marguerite, Mme Salavin, et même Edouard, et même les objets qui remplissaient la chambre, et la fenêtre par laquelle on apercevait des toitures misérables, comme s'il eût impliqué le monde entier dans l'affaire qui le préoccupait : la maladie de cette faible créature.

Chabot était un homme de petite taille, d'aspect peu robuste, au poil clair et rare. Il exerçait à la froideur un fin visage dont les linéaments trahissaient de la fatigue et une grande bonté.

Il hocha la tête d'un air perplexe et ramena vers l'enfant malade un regard chargé d'expérience et brillant d'ingénuité.

Enfin il pria Edouard et Marguerite de l'accompagner dans la pièce voisine et, là, il s'expliqua : « Le cas était très alarmant. Il fallait, sans retard, instituer un traitement énergique et, surtout, transporter l'enfant au bord de la mer et l'y soigner de longs mois. »

Les prescriptions rédigées, le médecin parti, Edouard fit, devant les Salavin consternés, un exposé clair et détaillé de la situation. Il commença par l'éloge de Chabot : « Quelle sympathique figure ! Comme il était savant et modeste ! Et quelle belle consultation il venait de donner là ! » Edouard se frotta les mains avec enthousiasme. Il appréciait en connaisseur, en homme de science, la consultation de Chabot. Puis il en vint aux conclusions pratiques : « Six mois de Berck, pour commencer ; on verrait après. »

Le petit garçon malade se mit à pleurer. Sa-

lavin, qui était assis, se prit la tête à deux mains.
Mme Salavin et Marguerite échangèrent un regard désolé.

— Comment faire ? dit Salavin. Nous ne pouvons pas... Ce sont des maladies de riches.

Edouard joua l'indignation :

— Quoi ? me ferais-tu l'injure de compter sans
moi ? De quoi s'agit-il ? De quelques billets de
mille ! Ça ne vaut pas la peine d'en parler. Non !
Tais-toi ! C'est moi qui ai fait venir Chabot. Toute cette affaire est en quelque sorte, sous ma res-
ponsabilité. Une seule chose, Louis, donne-moi
pleins pouvoirs !

Faiblement, Salavin refusa, d'un signe de tête.
Mais Marguerite vint jusqu'à Edouard et l'embrassa en pleurant. La vieille Mme Salavin s'assit
auprès de son fils et commença de lui parler à
voix basse. L'enfant malade était étendu sur une
couchette, son petit menton tremblait et il attachait sur les acteurs de cette scène un regard
sérieux et las.

— Allons, allons, dit Edouard ; il n'y a rien à
craindre, puisque je suis avec vous et puisqu'on
peut faire quelque chose. Je pars pour Berck
demain matin.

Ce fut, pour Edouard, une belle et glorieuse
semaine. Il revint de Berck enchanté ; il avait
loué une villa où Marguerite allait s'installer avec
le petit Pierre. Il avait vu un médecin, pressenti
les fournisseurs, engagé une femme de ménage.

— Mais, dit Marguerite, nous n'en avons point, ici.

— Eh bien, vous en aurez une là-bas. C'est mon affaire.

Il était si content qu'il ne put s'empêcher de rire. Tout de suite, il se ressaisit : « Il n'avait pas de temps à perdre. Il fallait courir à la gare du Nord, retenir un compartiment spécial... » Il courut. Il avait cet air jovial et affairé des gens qui organisent des fêtes et ménagent des surprises.

Il y eut une surprise, en effet, et magnifique. Edouard avait loué, pour le transport du petit malade, une somptueuse automobile d'ambulance.

— C'est une folie ! balbutia Marguerite.

— J'aime les folies, répondit Edouard.

Le départ eut lieu, Edouard tira, de son portefeuille, un carnet de chèques. Le front de Salavin s'empourpra. Mais Edouard expliquait le maniement des chèques : « C'est propre et commode. Tu écris la date en toutes lettres et tu signes. Ça t'évite de tripoter des billets. »

Marguerite et le petit Pierre partirent. Toute la rue du Pot-de-Fer parut aux fenêtres. Edouard donnait des ordres. Il avait l'air d'un maître de cérémonies.

L'automobile disparut au coin de la rue Tournefort et un calme surnaturel s'abattit sur ceux qui demeuraient à Paris. Edouard se sentit aus-

sitôt désœuvré. Il avait joué son rôle avec tant
de diligence et de noblesse ! Il regagna le boulevard de Port-Royal, sa pipe aux dents. Il imaginait les futurs malheurs qui pourraient fondre
sur Salavin et qui lui fourniraient à lui, Edouard,
de nouvelles et brillantes occasions de manifester
son amitié, son dévouement.

Ainsi le sort, qui refusait à Edouard les affres
d'une épreuve personnelle, lui donnait du moins
part à celles de son ami. Il jugea la souffrance
héroïque et enivrante, parce qu'il n'en connaissait
que ce reflet transfigurateur : la compassion.

Quelques jours passèrent ; des lettres rassu-
rantes arrivèrent de Berck et Salavin s'absorba
dans une paix torpide. Il reprenait d'anciennes
habitudes, des manies de célibataire. A plusieurs
reprises, il étreignit les mains d'Edouard et dit
très bas :

— Je te rendrai tout ça quand je pourrai, par
petites sommes.

— C'est bon, c'est bon ! Nous en reparlerons
plus tard.

Salavin n'en reparla pas ; mais il y pensait
sans cesse. Il fit achat d'un livre assez coûteux
qu'il convoitait depuis longtemps. Il le feuilletait,
dans la rue, quand il aperçut Edouard. Sans bien
s'expliquer les raisons de son acte, il essaya de
cacher le livre dans sa poche. La poche était trop
étroite. Force fut à Salavin de garder le livre à
la main.

— Qu'est-ce que c'est que ça ? dit Edouard. Un nouveau bouquin ?

Le cœur de Salavin se serra.

— C'est..., c'est..., dit-il très vite, un livre qu'on m'a prêté.

Il avait horreur du mensonge. Il ressentit une vive irritation qui n'était pas tournée tout entière contre lui-même.

A la Bécasse, pendant le repas de midi, il affectait de choisir des mets à bas prix, des plats pour lesquels il avait, jusque-là, marqué de la répugnance.

— On essaye le poulet de grain ? demandait Edouard.

— Non, merci, je vais prendre une tranche de foie.

— Pourquoi ? Tu n'aimes pas ça.

— Tant pis ! Je veux m'y habituer.

Edouard levait les sourcils et ouvrait des yeux étonnés.

Attendaient-ils ensemble l'autobus, Salavin s'obstinait à patienter jusqu'à ce qu'ils eussent trouvé des places de seconde classe.

— Ah ! s'exclamait Edouard, tu me fais rire avec tes économies.

— Tu en parles à ton aise.

Il refusa plusieurs fois d'aller au théâtre et même au concert, et, comme Edouard s'en étonnait :

— J'ai trop de soucis, dit Salavin.

Un jour, il remit à Edouard une enveloppe.

— Tiens ! C'est un petit acompte sur ce que je te dois.

L'enveloppe contenait cent cinquante francs. Edouard prit un visage tragique.

— Alors, tu me refuses le plaisir de te rendre service !

Salavin rougit.

— Et toi, tu me refuses le plaisir d'acquitter une partie de ma dette !

Edouard tourmentait sa moustache d'un air absorbé. Il venait de comprendre certaines choses et ne savait à quel parti se résoudre.

L'argent était entre eux, sur la table, comme une personne étrangère et ennemie surgie dans leur amitié. Ils regardaient les billets avec terreur.

— Allons, dit Edouard, il ne faut pas compliquer la vie. Ne parlons plus de ça.

Et, d'un geste brusque, il fourra l'enveloppe et son contenu dans la poche de Salavin.

XXII

I LS étaient en train de prendre de la bière, dans une petite brasserie de la rue Saint-Jacques. Ils sortaient du théâtre où Salavin avait enfin consenti à se laisser traîner.

La brasserie était presque vide. Un garçon somnolait, debout devant le comptoir. La porte s'ouvrit et l'on vit entrer un personnage étrange. Il était vêtu d'une vieille redingote et chaussé de brodequins dépareillés. Il avait un faux col de carton glacé, des cheveux raides, d'une couleur indéterminable, des yeux tuméfiés dont l'un était complètement recouvert d'une taie bleu-faïence. Il portait devant lui, suspendu à son cou par une lanière de cuir, un petit éventaire sur lequel étaient disposés des bigorneaux, des moules, des coquillages de diverses espèces, un couteau et une petite fiole de vinaigre rouge.

Il ouvrit et arrosa de vinaigre quelques mou-

les, pour un client de la brasserie. Puis il s'arrêta
devant la table occupée par les deux amis et fit
ses offres de service, d'une voix zézayante.

— Veux-tu quelque chose ? proposa Edouard.

Salavin refusa, de la tête, et se mit à regarder
par terre, entre ses jambes. Edouard, que le bonhomme semblait amuser, acheta des bigorneaux
et une épingle à tête de verre pour les extraire
de leur coquille.

Tout en servant, l'homme aux coquillages considérait Salavin avec une attention si soutenue
que celui-ci releva la tête. Il la rebaissa presque
aussitôt et se prit à déplacer, de la pointe du
pied, les bouts de cigarettes qui jonchaient le sol.

L'homme fit alors un sourire douloureux qui
acheva de le défigurer, puis il sortit de la salle,
non sans s'être retourné maintes fois.

— Quel numéro ! dit Edouard. Comme c'est
drôle !

— Non, soupira Salavin ; ce n'est pas drôle.

Il se tut deux ou trois minutes, puis, après
quelques hésitations :

— C'est un homme que je connais, ou, plutôt,
que j'ai connu.

— Pas possible ! Tu ne l'as pas salué ?

Salavin esquiva la question :

— Il s'appelait Lhuilier.

— Il faut croire qu'il s'appelle encore Lhuilier.

— On ne sait pas, dit Salavin. Il y a des malheureux qui perdent tout, jusqu'à leur nom.

Edouard mangea quelques bigorneaux et demanda :

— Où diable as-tu pu connaître ce pauvre bougre ?

— C'est une histoire du passé. Et puis, ça n'a pas d'importance. Tu ne comprendrais pas...

Salavin tomba dans une profonde méditation. Edouard mangea tous les bigorneaux et vida sa chope de bière. Salavin rêvait toujours, le menton contre la poitrine. A un certain moment, son visage prit une expression si pénible qu'Edouard ne put s'empêcher de lui poser une main sur l'épaule.

— A quoi penses-tu ?

— A rien, à rien ! dit Salavin en sursaut.

Il ajouta, au bout de quelques secondes :

— J'étais en train de me noyer.

— De te noyer ?

— Oui, en imagination. Ça m'arrive souvent.

— De te noyer... dans l'eau ?

— Oui, dans l'eau froide, la nuit.

Il ne dit plus rien ce soir-là et quitta même Edouard assez brusquement.

A compter de ce jour, Salavin fit de mystérieuses et assez fréquentes allusions à sa vie d'autrefois. Il parlait avec une amertume exaltée et terminait ses demi-confidences par des phrases comme : « A quoi bon rappeler ça ? » ou : « Tu ne pourras jamais comprendre ! » Il est probable qu'il se proposait d'intriguer

Edouard. Il n'y réussit que médiocrement.
Edouard était prudent et tout entier tourné vers
l'avenir. Salavin prit cette réserve pour de l'indifférence et s'échauffa.

— Je n'ai pas, disait-il, je n'ai pas connu que
des détritus, comme ce Lhuilier. Certes non !
Autrefois, j'avais des amis... L'un deux, surtout,
était un homme remarquable, et si fin, si doux, si
dévoué !

A la dérobée, il épiait le visage d'Edouard. Il
n'y lut qu'attention courtoise.

— Il s'appelait Lanoue, Octave Lanoue, dit encore Salavin.

Edouard hocha la tête avec bienveillance et
demanda :

— Pourquoi ne le vois-tu plus ? Il est mort ?

— Oh non ! Il ne tient qu'à moi de le revoir.

— Eh bien, tu devrais nous le présenter.

Salavin s'assombrit et murmura cette phrase
incompréhensible :

— Il ne faudrait pas m'en mettre au défi.

Une semaine plus tard, Edouard, arrivant à la
Bécasse, trouva Salavin attablé en société d'un
homme au visage aimable et terne, aux longues
mains de bureaucrate. Salavin s'empressa :

— Je te présente Octave Lanoue, mon ami
d'enfance, dont je t'ai si souvent parlé. —
Edouard Loisel.

Edouard et Lanoue se donnèrent une poignée
de main.

Le déjeuner commença. Salavin était fort animé. Il parlait beaucoup, s'adressant de préférence à Lanoue et jetant sans cesse l'entretien sur des objets inconnus d'Edouard.

L'après-midi du même jour, Salavin, quelques paperasses aux doigts, pénétra dans le laboratoire d'Edouard. Il y montait de temps en temps, pour les besoins du service.

— Eh bien, demanda-t-il, comment le trouves-tu ?

— Qui ?

— Mais Lanoue, bien sûr !

— Je ne peux pas dire, répondit Edouard avec calme. C'est la première fois que je le vois. Il me plaît assez.

Salavin fit, de Lanoue, des louanges profuses. Il en parlait avec une obstination indiscrète, tels ces maris qui se plaisent, dans l'intimité conjugale, à ressasser leur vie de garçon.

Edouard s'ébranlait avec lenteur, mais avec complaisance. Il vit plusieurs fois Lanoue, lui découvrit des mérites et commença de lui marquer de l'intérêt. Un dimanche, Salavin, qui n'avait pu rencontrer Edouard de toute l'après-midi, l'aperçut remontant la rue Saint-Jacques au bras de Lanoue ; ils devisaient familièrement, comme de vieilles connaissances.

Salavin souffrit à ce spectacle, et sa douleur grinçait des dents. Il projeta de saluer ses deux amis, de loin, et de passer très vite sans leur par-

ler. Il n'eut pas le courage de soutenir ce dessein.
Il aborda les deux hommes avec un sourire crispé, dispersa tout de suite leur entretien, fit en
sorte de les disjoindre et de les opposer l'un à
l'autre. Il n'y parvint pas et comme Lanoue, une
heure plus tard, montait en autobus, Edouard
cria :

— A jeudi soir !

— Que faites-vous donc, jeudi soir ? demanda
Salavin, saisissant Edouard par le bras.

— Lanoue vient dîner à la maison. D'ailleurs,
si le cœur t'en dit...

— Non, merci, répondit Salavin.

Ils marchèrent en silence pendant plusieurs
minutes. Edouard, qui devinait l'imminence
d'une crise et cherchait à la conjurer, hasarda
enfin, d'une voix conciliante :

— Il me plaît beaucoup, ton ami.

Salavin éclata :

— Ce n'est pas mon ami. Je suis resté plus de
cinq ans sans le voir, et je ne me félicite pas
d'avoir renoué des relations. Ce n'est plus l'homme que j'ai connu. Il est affreusement quelcon-
que. Il est à pleurer.

Il se ruait, les griffes ouvertes, le poil hérissé.
Edouard fut lamentable.

— Que veux-tu ? Je ne savais pas. Je l'ai invité.

— Oh ! toi, tu invites n'importe qui.

Ils étaient arrivés devant la maison de Salavin.

Il tenait toujours Edouard par le bras et le poussa.

— Monte ! Un quart d'heure seulement.

La scène dura plus d'une heure. Elle fut terrible. Salavin souffrait sans retenue. Edouard céda sur tous les points. Il écrivit à Lanoue, pour décommander le dîner, un billet rapide, presque insolent, et dont il fut lui-même fort humilié. Par la suite, il n'osa plus jamais prononcer le nom de Lanoue et, pendant plusieurs mois, vécut dans la crainte de se trouver nez à nez avec cet homme, au coin d'une rue.

Cet événement marqua, pour Salavin, le début d'un accès de fureur jalouse. « A qui parles-tu ? Depuis quand connais-tu cet imbécile ? Tiens ! tu ne m'avais pas encore parlé de cette bellure-là ! »

Parfois, Edouard saluait, de l'œil, une dame, sur le boulevard.

— Qui est-ce ? demandait Salavin, agressif.

— Bah ! répondait Edouard, c'est une petite garce que j'ai connue jadis, quand j'étais étudiant.

Salavin sifflait :

— Tu as une façon de regarder les femmes. C'est révoltant !

Pendant toute cette période, Salavin traita Edouard avec la plus grande rigueur. Il lui disait :

— Entre nous, avoue : je t'ai pêché au milieu d'un belle bande d'andouilles.

Ou bien :

— Tu te fais, de l'amitié, une idée de commis
voyageur.

Edouard fumait pipe sur pipe. Il était très malheureux. Parfois, il fixait sur Salavin un regard
puéril, suppliant et si désespéré que Salavin se
jetait sur lui, l'étreignait et gémissait d'une voix
brisée :

— Pardon ! Pardon ! Ce n'est pas ma faute.
C'est ma façon, comme ça, d'aimer.

Edouard balbutiait :

— Je n'ai rien à te pardonner.

Et la crise reprenait.

Il y eut une grande diversion. Marguerite revint de Berck avec le petit Pierre. L'enfant n'é-
tait pas guéri, mais grandement amélioré.
Salavin pleura sur l'épaule d'Edouard :

— Tu es mon seul ami. Je ne suis pas digne
de toi.

XXIII

L E visage collé à la vitre, l'homme regarde
tomber la neige.

Fouettés par le vent, les flocons se précipitent :
obliques, rapides, soumis. Tout est pour le mieux
dans le pauvre monde. Et soudain un caprice du
vent : les flocons s'embrouillent et refluent dans
un grand désarroi, les uns poursuivent leur
chute, d'autres s'envolent, d'autres encore se
heurtent silencieusement. Puis les voilà tous
arrêtés, stupides. Et ils recommencent de tomber ; mais avec découragement, sans cohésion,
chacun de son côté, dirait-on.

Cela fait songer à une troupe en guerre, aux
paniques, aux ordres et aux contre-ordres, à
mille choses absurdes et douloureuses. Cela fait
penser à des âmes harcelées, à des désirs dis-
cordants, à des volontés avortées, à des sacrifices
inutiles, à des suicides.

L'homme détache de la vitre son front glacé et il se remet au travail. Il saisit un petit ballon de cristal et en agite rêveusement le contenu, puis y laisse tomber trois gouttes d'un réactif et attend.

Il attend que se développe une belle coloration rouge. C'est un épais précipité vert qui se forme. Il y a des jours où la matière est rétive.

L'homme pose le ballon dans le creux d'un mortier. Le ballon se brise avec un bruit hardi. Il y a des jours où les choses refusent obéissance.

L'homme ramasse les morceaux du ballon et se coupe le pouce. Oh ! Oh ! Toutes les conventions seraient-elles rompues ?

S'asseoir dans le fauteuil, songer devant la table où s'amassent les paperasses, telles des feuilles découragées par l'arrière-saison. S'asseoir, songer, hélas ! est-ce donc là tout le succès de cette indigente journée ?

Il était autrefois un homme au cœur vaillant qui se levait de grand matin, les muscles dispos, l'œil limpide, l'esprit prompt. Il chérissait toutes les bonnes choses : les nourritures opulentes, l'amour, l'espace que l'on mesure avec deux grandes jambes, le temps, plus docile qu'une cire. Cet homme-là dormait de belles nuits et vivait de rudes heures. Il ne perdait pas le meilleur de l'après-midi à regarder tomber la neige. Il tenait, en réserve, plusieurs solutions pour chaque problème. Il avait « la bonne technique ».

Edouard ne parvient pas à comprendre ce qu'il y a de changé dans sa vie. Aurait-il donc perdu « la bonne technique » ? Les actes les plus simples lui paraissent complexes et hasardeux ; une légion d'infimes démons s'est logée dans les objets qu'il avait, jadis, asservis sans conditions : sa cravate change sournoisement de place dès qu'il la perd de vue, son bouton de faux col fait des fugues capricieuses et se dérobe toujours au doigt fiévreux qui le poursuit, les tiroirs qu'Edouard avait poussés avec soin s'ouvrent d'eux-mêmes et, comme par miracle, la clef dont il a besoin se présente toujours la dernière à l'appel.

Tantôt ductile à l'excès, tantôt plus récalcitrant qu'un vieux cuir, le temps a perdu toute juste complaisance : il s'étire filandreusement durant les heures d'oisiveté et se rétracte dès qu'on a besoin de lui.

L'espace aussi trahit : les plus grandes chambres deviennent minuscules et il est de petites rues dont on n'arrive pas à bout.

Les hommes semblent contaminés par la malignité des idées et des choses : la servante oppose aux plus légitimes remontrances un visage de martyr insolent. Les guichets s'ouvrent sur des abîmes d'indifférence. Les employés des tramways traitent les voyageurs comme un bétail galeux. Les collaborateurs d'Edouard le redoutent au lieu de l'aimer.

14

Edouard a perdu « la bonne technique ». Ah ! il n'est pas content de soi-même.

Parfois Salavin monte au laboratoire. Il allume une cigarette et soupire :

— Ici, du moins, ce n'est pas comme au bureau : on peut fumer.

Il se promène devant les tables, touche d'un doigt distrait les flacons, les serpentins de verre, les burettes effilées et il dit en bâillant :

— Somme toute, tu fais toujours la même chose.

— Comment peux-tu le savoir ? murmure Edouard désarçonné. Tu ne connais rien de mes recherches.

Alors Salavin fait craquer ses doigts et gémit à voix basse :

— Ah ! je m'ennuie ! je m'ennuie !

Edouard voudrait donner une obole au mendiant. Comment faire ? Sa langue est plus pesante qu'une montagne. Il articule quand même un mot :

— Travaille !

— Oh ! dit Salavin, pour ce que j'ai à faire d'intéressant !

Quand il est parti, Edouard allume sa pipe et déambule entre ses bocaux et ses creusets. Il ouvre des mains loyales, mordues par les acides. Il semble prendre à témoin tous ces objets inertes, compagnons de ses entreprises. Il voudrait crier : « Que vous ai-je fait ? Pourquoi m'abandonnez-vous ? »

Il revient à son fauteuil, s'environne d'une
umée et rêve à des amitiés placides, secourables,
dèles, comme on en voit dans les livres. Il ima-
ne des amitiés sans ardeur, mais sans détours
sans surprises : routes à l'ombre, sur un pla-
au.

XXIV

L A chambre est comblée de ténèbres tièdes
N'était la lueur mince qui filtre au-dessus de
rideaux, n'était l'appel aérien d'une cloche, l
monde semblerait à jamais englouti dans le sou
venir.

Les deux époux sont allongés côte à côte. Il
attendent, chacun pour soi, la grâce du sommeil
Des minutes passent qui sont peut-être des heu
res, peut-être des siècles. Le repos dédaigne le
cœurs inquiets.

Alors une voix s'élève, sans timbre, sans sexe
— Tu ne dors pas ?

Une autre voix, presque indistincte :
— Non, je ne peux pas.

Le gosier de l'homme est brutal ; il façonne
pour porter les pensées, des bruits plus grossier
que des vases de terres ; mais ce chuchotemen
qui erre dans la chambre obscure ne semble pas

su d'organes matériels. Il fait moins de bruit
u'un vol de chauve-souris. C'est le soupir même
es âmes.

— Il me blesse, il m'humilie sans cesse.

— C'est qu'il te connaît mal.

— Il m'a dit : « Travaille. » Il me donne tou-
ours des conseils.

— Hélas ! Il faut le prendre comme il est.

— Hier encore, je m'étais pourtant bien pro-
is de ne pas te le dire, hier encore il m'a...

N'est-ce point une seule voix qui dialogue avec
lle-même ? N'est-ce point une conscience unique
ui s'interroge et se répond ?

Peu à peu, les deux âmes se rapprochent, se
êlent, se confondent. La trompette de l'ange
ourra-t-elle les disjoindre ? Dans l'ombre moite,
us les désirs, toutes les rancunes s'enlacent,
e fécondent et poussent, comme des plantes
veugles, d'affreux rameaux.

Les heures passent, et, pareille à la plainte
'une source qui coule au plus noir d'une ca-
erne, le susurrement des voix s'éternise dans la
uit.

La fatigue croissante n'assoupit pas les pas-
ions : elle les exalte. Elle déforme les pensées et
ur prête un visage que la raison désavoue, mais
lère. La chambre se peuple de fantômes.

Il semble à l'homme que, s'il avait la force de
e lever, de parler à voix haute, d'allumer une
mpe, tous les fantômes s'évanouiraient. Les

idées reprendraient leur aspect véritable. L
monde réel ressusciterait de l'abîme, avec so
architecture, sa perspective, ses lois. Mais con
ment s'arracher à la chaleur du lit, à l'ivress
vénéneuse de ce double cauchemar ?

Ils chuchotent encore, plus bas, comme pou
une prière. Puis, un long silence qui n'est pa
celui du sommeil.

Peut-être espèrent-ils qu'une étreinte furieus
les délivrera l'un de l'autre, et des ombres, e
de la vie.

XXV

L'AMÉLIORATION survenue dans l'état du petit Pierre ne dura point. Chabot se montra soucieux.

Emprisonné dans un écrin de plâtre, d'où seuls, s'échappaient deux bras graciles, l'enfant vivait sur une couchette de planches, devant la fenêtre, regardant le ciel que traversait parfois un vol de pigeons ramiers.

Marguerite et la vieille Mme Salavin montaient la garde, à tour de rôle, auprès du malade. Elles inventaient des jeux ou contaient des histoires ; elles pouvaient même rire, et leur voix ne tremblait pas.

Presque chaque jour, Edouard gravissait à la hâte les quatre étages et restait là quelques instants, le cœur gros. Alors Salavin secouait la tête :

— Tu vois, nous n'avons pas de chance.

Edouard bredouillait, du ton d'un homme qui s'excuse :

— Patience ! C'est un mauvais moment à passer.

Salavin avait un geste brisé : « Il y en a qui n'ont que de mauvais moments. »

Edouard fit toutes sortes de démarches et obtint l'admission de l'enfant dans une clinique suburbaine où Marguerite pouvait l'aller visiter tous les jours. Des soins éclairés, le changement, et peut-être les faveurs d'un été généreux suspendirent encore une fois les progrès du mal. L'espoir détendit Salavin et le rendit à lui-même.

Edouard exultait :

— Cette fois, nous sommes sauvés. Viens donc étouffer la soirée au cinéma. Tu n'aimes pas ça ; mais c'est reposant.

Salavin refusait d'abord, acceptait enfin.

Il ne pouvait se passer de la présence d'Edouard, mais lui parlait peu et avec roideur. Parfois Edouard osait s'en plaindre. Salavin ripostait, mordillant sa barbe :

— Il y en a un que je traite encore plus mal que toi.

— Et qui donc ? disait Edouard interloqué.

— Moi !

Parfois aussi, Salavin se contentait de répondre aux lamentations d'Edouard :

— Laisse-moi tranquille. Ah ! je suis fatigué, fatigué !

Il resta toute une longue semaine sans lâcher

une parole. Edouard ne put dominer sa misère.
Il demandait :

— Mais qu'est-ce que tu as ?

Salavin le regarda bien en face, sévèrement :

— J'ai... j'ai... J'ai tout ce que je n'ai pas.

Il haussait les épaules. Edouard hasarda :

— Mais parle ! Dis-moi ce que tu as sur le
cœur. Que te manque-t-il ?

Salavin baissa les yeux.

— Des choses que tu ne peux me donner,
Edouard.

— Et quoi donc ?

— La paix, la joie, une âme immortelle, Dieu.

Edouard répétait d'une voix trouble : « Dieu... »
Salavin eut un sourire de pitié et dit encore :

— Oui, ça ou quelque chose d'équivalent.

Et il retomba dans le silence.

Edouard réfléchit plusieurs jours à ce singulier
entretien. Enfin il aventura des paroles graves :

— Louis, tu me méprises.

Salavin éclata de rire.

— Moi ? Non ! Je t'admire.

Edouard eut le cœur déchiré. Par bonheur,
il était d'une constitution excellente : ses blessures se cicatrisaient assez bien.

Il fit quelques promenades solitaires et rencontra, dans une allée du jardin des Plantes,
un grand garçon nommé Oudin que Salavin lui
avait présenté naguère.

— Et alors ? fit Oudin en attachant sur Edou-

ard un regard souriant et glacial ; et alors, vous
voyez toujours Salavin ?

— Toujours.

— Compliments ! Compliments !

— Pourquoi me dites-vous cela ?

— Pour rien. Pour dire quelque chose.

— Salavin est mon ami, reprit Edouard avec
une franchise brutale.

— Mais, répliqua l'autre, je le vois bien et je
vous en félicite. Je peux même vous avouer que,
si je ne ménageais pas mes vêtements, je me
jetterais à genoux dans la poussière et que je
vous baiserais les pieds.

— Vous avez tort de plaisanter, Monsieur, dit
Edouard d'une voix ferme. Je connais Salavin
depuis près de six ans. Il a de petits travers,
comme nous tous ; mais c'est une âme noble,
une intelligence exceptionnelle...

— Je suis tout à fait de votre avis, interrompit
Oudin en riant, et vous auriez bien tort de vous
fâcher. J'ai eu l'honneur inappréciable de travailler à la table même de Salavin, pendant un
petit lustre, chez Socque et Sureau. Vous savez :
la batteuse-trieuse à triple rotation...

— Non, je ne sais pas.

— Dommage, dommage ! C'est un remarquable engin auquel je m'intéresse volontiers et dont
je vais m'occuper aujourd'hui même, jusqu'à
six heures du soir. Eh bien, vous disais-je, Salavin était mon voisin de table. Il nous a quittés,

je veux dire il a quitté la maison Socque et Sureau, à la suite d'une aventure qui fut générale-
ment mal comprise, mais dont la haute portée
philosophique ne m'a pas échappé, croyez-le
bien... Il avait imaginé, au cours d'un entretien
purement administratif avec notre cher patron,
de poser un doigt — oh, un doigt sans méchan-
ceté, un doigt purement philosophique — sur
l'oreille de ce cher patron. Pour voir, comprenez-
vous ? pour voir jusqu'où peut aller la liberté
individuelle. Rien de plus.

Oudin eut un léger rire du ventre qui n'agitait
aucun des traits de son visage.

— Cette histoire serait-elle vraie..., dit Edouard.

— Elle est vraie, Monsieur, scrupuleusement
vraie. Comment Salavin vous l'a-t-il pu cacher ?
Je pensais qu'il en était fier.

— Cette histoire serait-elle vraie, reprit Edouard, qu'elle ne saurait en rien modifier mon sentiment à l'égard de Salavin.

— Bien au contraire. Et je vais abonder dans
votre sens. Voulez-vous le fond de ma pensée ?
Salavin est peut-être un homme de génie.

— Allons, adieu ! dit Edouard outré.

— Le génie du rien. Pourquoi pas ? Un homme
de génie à qui, par malheur, il manquerait, oh...
je ne sais quoi. Un homme de génie à qui je n'o-
serais pas confier une boîte d'allumettes, ou un
couteau de poche. Un homme beaucoup trop intelligent pour être capable de balayer propre-

ment le plancher. Ah maïs... Dites-moi : avez-vous jamais vu un chronomètre de précision ? Un chronomètre sans ressort, bien entendu.

— Assez, dit Edouard en s'arrêtant net. Assez, Monsieur Oudin. Salavin est mon ami. Je l'estime, je le respecte et je me refuse à écouter plus longtemps vos propos désobligeants.

— Eh bien, à votre aise. Bon courage ! Bonne chance !

Oudin toucha le bord de son chapeau et s'éloigna.

Edouard emportait, de cet entretien, une confuse impression de victoire et de malaise. Il avait certes bien défendu son ami ; mais il ne pouvait oublier les expressions d'Oudin et se surprenait, plusieurs fois par jour, à répéter : « Un chronomètre de précision, sans ressort... Etrange, étrange ! »

Salavin entra dans une bonne période, c'est-à-dire qu'il se reprit à parler et à plaisanter acerbement. Enfin, il parlait, c'était le principal, et, tout aussitôt, Edouard de revivre et de se laisser au bonheur.

Il faut vivre ! Il faut faire tous ces actes agréables grâce auxquels la vie ne ressemble pas à la mort. Il faut jouir sereinement de ces biens que le monde prodigue à l'homme pour le dédommager de mille peines. Edouard achète une pièce de beaujolais. Il s'empresse de faire goûter la riche liqueur à Salavin, qui hoche la tête et dit :

— J'ai bu, chez un ami, il y a une dizaine d'années, un vin des côtes du Rhône qui était une
pure merveille.

Il parle, un quart d'heure durant, de cette pure
merveille d'autrefois.

Edouard s'offre, pour l'hiver qui vient, un
chaud pardessus doublé de castor et le soumet
à Salavin.

— Il est très bien, très bien, dit Salavin. Oui,
toutes ces peaux de lapins ! Tu auras l'air d'un
huissier ou d'un marchand de marrons.

Bah ! Edouard était sans rancune. Il savait
qu'on ne peut obtenir, en même temps, et le
beaujolais et le castor et l'assentiment général.

Edouard souriait, fermait les yeux, vivait au
jour le jour.

Mais Salavin ne savait plus sourire. Il songeait
parfois : « Je lui ai donné toutes mes idées. C'est
comme si j'avais jeté ma fortune au fond d'un
gouffre. » Tout de suite, il reprenait : « Mes
idées ! Qu'est-ce donc que j'ose appeler mes
idées ? Quelle fumée, hélas ! quel néant ! »

Il se surprenait parfois avec étonnement à
imiter certains gestes d'Edouard ou à répéter de
ses mots. Alors il avait des accès de colère :
« Non ! Non ! ce n'est pas ça, l'amitié. Un ami !
Ce n'est pas ce gros homme égoïste et borné. »
Il ajoutait aussitôt : « Un ami ! Ce n'est pas moi,
non plus. Ce n'est pas un Salavin ! » Et le dégoût de soi le poursuivait jusqu'au soir.

XXVI

Edouard marchait lentement dans les allées du jardin des Plantes. Octobre s'achevait sans gloire. Un hiver précoce, rechigné, fangeux, défigurait Paris. Edouard était assailli par un tourbillon de pensées qu'il n'arrivait pas à maîtriser : « J'ai froid. J'ai l'estomac pesant. J'ai changé d'itinéraire. Je ne marche pas à mon allure normale. » Il secoua la tête et soupira : « Ah ! mon Dieu ! ça ne va pas très bien. Je suis mal réveillé. J'ai les jambes molles. Mauvais signe ! »

Depuis huit jours, Salavin était en vacances. Il avait obtenu, faisant valoir des raisons confuses, de reculer son congé annuel jusqu'à la seconde quinzaine d'octobre. « Va donc passer quelque temps à la campagne, avait dit Edouard. Prends un vrai repos. » Et Salavin de répondre : « Tu as raison. J'ai besoin de solitude. Ne t'inquiète pas de moi. »

Edouard songeait : « Pas de nouvelles. Même pas une carte postale. Et Marguerite ? Et l'enfant ? J'irai voir, cette après-midi. »

L'odeur du laboratoire le ranima. Il était alors aux prises avec une analyse laborieuse dont les péripéties le passionnaient fort. Deux heures de suite, il s'absorba dans sa besogne. « Eh ! eh ! se disait-il, le vieil Edouard n'est pas mort. On peut encore en tirer quelque chose de bon. » Il regarda sa montre : « Onze heures ! La réaction est en route. Il faudra jeter sur filtre après déjeuner. Que faire ? Une pipe ? Non. Si. Mais, au fait... »

Il ôta sa blouse, s'habilla, sortit. Le malaise du matin l'avait quitté. Il se sentait alerte et robuste. Tous les rouages de la mécanique bien en place et bien obéissants. Il huma l'air brumeux avec délice : « Bon, quand même ! » Et il se dirigea vers la rue du Pot-de-Fer.

Parvenu au troisième étage de la vieille maison, Edouard s'arrêta. Un silence trouble ronronnait dans l'escalier. C'était l'heure où les demeures populaires connaissent le répit : les hommes au travail, les enfants à l'école, les ménagères aux soucis du manger. Mais, fluide comme un filet d'eau pure, un chant de flûte ruisselait dans l'ombre.

« Quoi ! pensait Edouard, il est ici ! Et il ne m'en a rien dit. »

Salavin possédait une antique flûte de bois

dont il jouait parfois, à ses minutes de loisir.
Edouard le savait, bien que Salavin ne souffrît
guère d'auditeurs.

« Il est ici ! Quelle idée ! Ah ! l'étrange garçon ! »

Edouard restait immobile, tête basse, irrésolu.
Il étreignait la rampe d'une main et, de l'autre,
tiraillait sa moustache ; il avait envie de redes-
cendre les degrés, de s'enfuir. Le chant de la
flûte lui ravageait l'âme, minant ce beau courage
reconquis le matin même à force de travail.
« Que joue-t-il donc, le malheureux ? » pensa-
t-il. C'était une mélodie languissante, grêle, avec
de brefs élans, des chutes, des balbutiements, des
reprises.

Edouard monta les dernières marches d'une
seule traite et sonna. Lui, si calme, il éprouvait
un besoin douloureux de faire taire cette musique. Il lui sembla que, s'il s'en allait, ce chant
de flûte ne cesserait plus. Idée intolérable.

Il sonna donc et eut un soupir de soulagement :
la flûte s'arrêtait. Il entendit un paresseux bruit
de savates et la porte s'ouvrit.

— C'est toi !

— Oui, je passais... J'ai voulu... Je me deman-
dais...

— Eh bien, entre !

Salavin n'avait pas l'air étonné ; son visage
n'exprimait que de l'indifférence. Il tenait sa
flûte d'une main et son petit doigt communiquait

à l'une des clefs de l'instrument un frémissement
rveux qui contrastait avec le reste de son
itude.

— Assieds-toi !

— Non, dit Edouard. Merci. Je voulais seulement savoir...

— Quoi ?

Edouard ne répondit pas tout de suite : le regard fixe de Salavin l'incommodait. Enfin, il se
décida :

— Je te croyais à la campagne. Je pensais...

— J'ai changé d'avis.

— Tu devais te reposer, la solitude...

— On trouve la solitude partout, quand on
l'aime.

— Marguerite, ta mère...

— Elles sont à la clinique, auprès du petit,
pour toute la journée.

Edouard saisit Salavin aux épaules et brusquement, d'une voix qu'il s'efforçait de rendre
joyeuse :

— Ecoute, Louis. J'ai plusieurs heures devant
moi. Chausse-toi, prends ton pardessus et allons
déjeuner ensemble.

Le visage de Salavin se contracta.

— Non ! Mon déjeuner est tout prêt, dans la
cuisine. Non ! Pas aujourd'hui !

A son tour, Salavin baissa les yeux sous le
regard d'Edouard. Il répétait, cherchant ses
mots :

— Une autre fois. Aujourd'hui, je veux rester seul.

— Eh bien, non ! dit Edouard avec insistance. Non, Louis. C'est aujourd'hui que j'ai besoin de te parler. Tout de suite.

Salavin haussa les épaules d'un air excédé.

— C'est bon ! Attends-moi.

Une demi-heure plus tard, ils franchissaient la Seine sans qu'une parole eût été prononcée. C'est seulement en pénétrant dans la cour du Louvre qu'Edouard ouvrit enfin la bouche.

— Louis !

— Quoi ?

— Louis, que t'ai-je fait ?

Salavin fit le geste de chasser une mouche :

— Toujours cette vieille question ?

— Non, Louis. C'est une question toute neuve. Et, d'ailleurs, je la pose mal. A vrai dire, je sais que je ne t'ai rien fait. Mais je ne peux plus vivre comme nous vivons. Je ne le peux pas et je ne le veux pas.

— Ce qui signifie ?

— Je veux savoir ce que tu as dans le cœur. Je suis ton ami...

— Tu veux savoir ?

Ils s'arrêtèrent une seconde, avant de traverser la rue de Rivoli, et c'est alors que se produisit un phénomène étrange. Edouard, qui levait les yeux sur Salavin, demeura stupide.

Ce n'était plus Salavin. Ce n'était plus ce v

sage aux cent aspects, ce visage qu'Edouard avait
tant regardé. C'était un visage complètement inconnu, dur, hideux, empreint d'une haine si
poignante qu'Edouard eut peur. Et, tout aussitôt,
le jour se fit dans son esprit : il comprit par quel
mécanisme l'ancien visage avait pu donner le
nouveau ; il comprit que ce masque haineux était
là, sous l'autre, depuis toujours, et qu'avec un
peu de pénétration on l'aurait sans doute deviné.
« Six ans ! pensa-t-il. Six ans ! Se peut-il qu'il
ait caché cela six ans ! »

Mais Salavin parlait.

— Tu veux savoir ?

— Oui, murmura Edouard, sans courage.

— Eh bien, tu sauras. Quand tu assures que
tu ne m'as rien fait, tu te trompes ; et quand je
le dis moi-même, je mens. Tu m'as fait quelque
chose.

— Quoi ?

— Tout ! oui, tout ! Tu m'as fait... toi, avec
ce que tu oses appeler ton amitié. Tu m'as choisi
comme esclave, comme chien, comme objet.
J'étais un homme libre, tu t'es emparé de moi,
tu m'as confisqué, tu m'as anéanti. Tu parles
toujours de l'amitié ! Tu n'aimes pas les hommes : tu en as besoin, seulement, pour être toi-
même, pour être heureux avec toi-même, tout
seul, entends-tu ? Tout seul.

— Est-il possible !

— Ah ! laisse-moi parler ! C'est bien mon tour.

Tu parles tout le temps, même quand les paroles
peuvent tuer. Tu parles, même quand un regard
serait de trop. Oh ! je sais ce que tu penses : je
suis un ingrat, un être vil, abject...

— Crois bien, Louis...

— Abject ! C'est peut-être vrai. A ton point de
vue, c'est incontestablement vrai. Tu m'as rendu
ce qu'on appelle des services. Mais ouvre donc
les yeux et regarde-toi, une minute, pour la première fois de ta vie. Serais-tu fort et heureux
comme tu l'es, — tu crèves de bonheur, — s'il n'y
avait pas, auprès de toi, un Salavin en détresse
qui t'offre, deux ou trois fois par an, une belle
occasion d'héroïsme ? Héroïsme de tout repos,
entre parenthèses. Tu m'as trouvé une place, tu
m'as prêté de l'argent. Tu as sauvé mon petit
garçon. Tu m'as...

— Louis ! Louis, je t'en supplie...

— Tais-toi. Je n'ai pas fini. Oui, je te dois tout.

— Tu me dois rien.

— Je te dois tout. Comment as-tu pu t'arranger
pour me mettre dans une situation pareille ! Si
tu étais vraiment mon ami, tu n'aurais pas fait
tout ça. Il fallait me laisser misérable ; mais il
fallait me laisser moi-même. Je ne suis plus moi-
même. Tiens, je n'ai jamais pu t'avoir de véritable gratitude, et c'est pour cela, surtout pour
cela, que je t'en veux : tu as fait de moi un ingrat. Pourtant, ce doit être si bon d'éprouver de
la gratitude. Tu dis que tu m'aimes ! Mais si tu

étais mon ami, moi aussi je t'aimerais. Tu t'es
arrangé pour que je ne puisse pas t'aimer.

— Tais-toi, Louis ! C'est trop !

— Tu as voulu que je parle. Je parlerai. Je
sais : je vais troubler ton repos, ton bonheur.
Bah ! Tu n'es pas incapable de faire encore du
bonheur avec cette querelle. Tu es capable, toi,
de faire du bonheur avec tout. Tu as une façon
d'être heureux qui est révoltante. C'est de l'im-
pudeur. Dis, serais-tu heureux sans moi, sans un
Salavin ?

Edouard se mit à bredouiller : « Ce n'est pas
possible ; ce n'est pas possible. » Salavin s'achar-
nait :

— Je ne t'ai jamais rien demandé. Tu m'as
obligé d'accepter tout. Pour que tu sois toi, il me
fallait tout accepter. Tu m'as contraint d'être
faible, pour pouvoir, toi, être fort. J'ai voulu te
rendre l'argent. Tu as refusé. Que Salavin s'af-
franchisse ! Il ferait beau voir !

Il y eut un bref silence et Salavin ajouta :

— Tu ne te rappelles même pas ce que tu m'as
fait, au mois de janvier ?

— Au mois de janvier ?

— Oui ! Penses-y, du moins, une fois !

Edouard répéta : « Au mois de janvier ? » Ce
mois de janvier ne lui rappelait absolument
rien.

Ils cheminaient côte à côte, entre les hommes
et les voitures. Parfois, emportés dans la presse

et sur le point d'être séparés, ils se raccrochaient
l'un à l'autre avec les gestes mêmes de l'amitié :
les âmes étaient dressées, toutes griffes dehors,
mais les corps demeuraient fidèles aux vieilles
habitudes. Il leur semblait d'ailleurs à tous deux
que le tumulte de la ville favorisait la farouche
confession et que jamais pareil entretien n'eût
été possible dans le silence recueilli d'une chambre.

— Je t'ai prévenu, disait Salavin. Tu ne vas
pas pleurnicher. Je suis écœuré de tes jérémia-
des. Sous prétexte de tout me donner, tu m'as
tout pris, même mes rares heures de liberté,
même de l'amitié. Je t'en ai donné plus que je
ne me croyais capable d'en avoir.

— Louis, nous avons été de vrais amis !

— Encore une fois, je t'avais prévenu. As-tu
donc oublié cette promenade, un soir, sous la
pluie ?

— C'est un beau souvenir, Louis. N'y touche
pas.

— J'y toucherai si ça me fait plaisir. Je n'ai
pas d'ordres à recevoir de toi. Oui, je t'ai prévenu : je t'ai dit que je ne pourrais pas être ton
ami, que je n'étais pas un ami. Tu as insisté. Tu
m'as forcé la main, forcé le cœur. Tu m'as épuisé. Es-tu content ?

— Je ne veux plus t'écouter.

— Tu ne doutes de rien. Tu voulais me sauver ! Tu as toutes les ambitions. Je ne suis pas

sauvé. Et ce n'est pas un homme comme toi qui
fera ce beau miracle.

Peu à peu, Edouard se ressaisissait. Il avait
été suffoqué, de douleur d'abord, puis de colère.
Il demanda :

— Et tu pensais tout cela depuis longtemps ?

Salavin ne répondit pas. Le désespoir, sur ses
traits, se mêlait maintenant à la haine. Edouard
pensa : « Va-t-il garder ce visage-là pour toujours ? » D'une voix chancelante, il murmura :

— Tu ne sais pas quel mal tu fais en ce moment.

Salavin secoua la tête :

— Oh ! je sais bien quel mal je me fais à moi-
même.

Alors Edouard qui, jusque-là, n'avait proféré
que des bribes de phrases, Edouard fit une chose pitoyable : il se défendit. Il parla pendant
près d'une heure, avec des « Dieu sait que... »,
des « Pouvait-on croire... » Salavin ne répondait
plus. Il secouait la tête avec obstination, comme
pour tout nier, tout repousser.

Soudain ils se trouvèrent à l'entrée de l'avenue Trudaine. Ils n'auraient pu dire quel chemin les avait amenés jusque-là. L'horloge d'un
kiosque marquait deux heures et demie. Edouard
saisit Salavin par le coude et le poussa vers une
porte.

— Quoi ? Que veux-tu encore ?

— Entre ! Nous devions déjeuner ensemble.
Eh bien, il est temps !

— Je n'ai pas faim.

Il entra quand même dans le restaurant.
Edouard commanda deux ou trois plats. Chose
étonnante, ils mangèrent, ce dont ils se sentirent
tous deux fort humiliés. Ils se passèrent le pain,
le sel, la boisson. Ils ne pouvaient encore se résoudre à n'être plus deux amis. Mais ils ne parlaient plus ; ils semblaient à bout de forces. La
salle du traiteur, peinte à neuf, puait le vernis.
Edouard était placé près du poêle et suait à
grosses gouttes.

Ils sortirent enfin et furent secoués d'un frisson. La pensée leur vint, à tous deux en même
temps, de se tourner le dos et de s'en aller, chacun de son côté, puisqu'ils n'avaient plus rien à
se dire. Mais ils ne pouvaient se décider à l'arra-
chement. Ils marchèrent donc, côte à côte, comme
toujours. Ils allèrent ainsi jusqu'au bout de l'avenue et se mirent à descendre une longue rue
torrentueuse. Pas un mot. Pas un regard.

Ce fut Edouard qui eut le courage de trancher
les amarres. Il dit :

— Je vais travailler.

Ils s'étaient arrêtés, face à face, sur le trottoir.
Edouard pensait : « Ah ! qu'il me dise un mot,
un seul, un mot d'ami, et je me jette dans ses
bras, je me jette à ses genoux, là, devant tout ce
monde ! Je lui demande pardon... »

Salavin dit, d'une voix morte :

— Va travailler.

Edouard rassembla toute son énergie :

— Adieu !

Comme un écho, Salavin reprit :

— Adieu !

Ils étaient là depuis plusieurs minutes et ils ne se décidaient pas à s'éloigner l'un de l'autre. Edouard cherchait des mots. Il trouva ceux-ci :

— Adieu, Louis. Si tu as jamais besoin d'un ami...

— Oui, je sais, souffla Salavin. S'il m'arrive une catastrophe et si j'ai besoin d'un sauveur...

— Non, Louis. Mais pense à moi s'il t'arrive jamais un bonheur que tu ne puisses supporter à toi seul.

— C'est une chose qui ne m'arrivera pas, fit Salavin.

Edouard vira sur lui-même et se jeta parmi les voitures, bien résolu à ne pas regarder en arrière. En arrivant devant Notre-Dame-de-Lorette, il s'arrêta, se retourna quand même et chercha, d'un œil anxieux, dans la foule.

XXVII

Salavin fit un grand détour pour atteindre
la Seine. Il marchait vite. Il avait l'air tantôt de poursuivre quelqu'un et tantôt d'être pour-
suivi. Il serrait les dents, les poings et fonçait
droit devant soi, le col raide, tous les muscles
bandés. Il faillit plusieurs fois être renversé par
les voitures.

Il pénétra dans un bureau de poste du boulevard Saint-Germain et acheta une carte-lettre. Il
écrivit, debout devant le pupitre moucheté d'encre, il écrivit dix lignes à MM. Vedel et Gayet :
une démission sans excuses, sans commentaires.
L'encre poisseuse séchait mal, le buvard chargé
de réclame ne buvait point. Salavin agita longtemps la feuille, la plia, la colla et se retrouva
sur le trottoir, en proie à une lassitude déme-
surée.

Il arriva rue du Pot-de-Fer à la chute du jour.

Il resta plus d'une demi-heure assis sur une chaise, sans faire le moindre mouvement pour enlever son pardessus ou son chapeau. Il s'y résolut enfin et gagna sa chambre. Un feu de boulets agonisait dans la cheminée. Il y jeta quelques pelletées de charbon et des morceaux de bois, des papiers, ce qui lui tombait sous la main. Puis il se prit à grelotter en contemplant la flamme.

Il faisait, maintenant, nuit complète. De la rue montaient des bruits indécis, des cris d'enfants et, parfois, un roulement de voiture. La maison semblait engourdie. Le silence, dans la chambre, devint si touffu que Salavin remua les bras comme pour l'empêcher de s'épaissir. Un bout de planche crépita sous la morsure du feu ; Salavin tressaillit, mais ressentit un bref soulagement. Nouveau silence. Nouvelle agonie. Alors Salavin passa dans la salle à manger et regarda la vieille pendule frisonne, arrêtée depuis plusieurs semaines. Il essaya de la remettre en marche, à tâtons, rien que pour entendre un peu de bruit, rien que pour sentir près de soi cette palpitation mécanique, ne fût-ce qu'un instant. La pendule partit en boitillant.

Il regagna sa chambre et alluma la petite lampe en forme d'œuf, compagne de tant de lectures. Puis il tourna le dos, car la clarté lui faisait mal.

Il tomba dans une rêverie confuse. Sous un

ciel d'ocre, un fleuve débordé roulait à gros
bouillons. La cime des arbres émergeait de l'eau
et des serpents, réfugiés par paquets dans les
ramures, sifflaient comme des oiseaux. « Où ai-je
vu cela ? Est-ce dans un livre ? Est-ce dans une
autre vie ? »

Un peu plus tard, il eut devant les yeux l'image
de sa première victime : une mouche à laquelle,
jadis, il avait arraché les ailes et qui lui courait
sur les doigts, petit monstre, muet, ahuri. Il fit
un geste, comme pour chasser la bête : « Oh !
qu'elle s'envole ! Qu'elle s'envole ! »

Une voix nette, perlée, appela dans l'ombre :
« Etienne Péquet ! Etienne Péquet ! » C'était le
nom d'un camarade d'école, un garçonnet tout
pâle que Salavin avait giflé, dans un coin, et qu'il
avait si bien oublié, depuis près de trente ans.
« Pourquoi ce souvenir ? Que vient faire ce
nom ? Qu'est-ce qui me sort au fond de l'âme ?
Arrière ! Laissez-moi ! »

A ce moment, l'obscurité se fit dans la chambre. La lampe venait de s'éteindre toute seule.
Salavin se mit à trembler. Il empoigna la lampe
et la secoua. « Il y a du pétrole. Alors ? Pas le
moindre courant d'air. Je n'ai même pas bougé.
Alors ? » Il reposa la lampe. Silence total. La
pendule s'était arrêtée, à bout de souffle. Salavin
laissa tomber sa tête sur sa poitrine. « Ils ne
veulent plus de moi. Je leur fais peur ; je leur
fais honte. Ah ! je suis malade, malade. »

Il regarda le feu, concentra son âme dans le feu. Nerveuses, irrésolues, des flammes voltigeaient à la surface de la houille. Elles semblaient dire : « Nous avons froid. Donne-nous quelque chose. Réchauffe-nous. » Il eut alors une inspiration. Il chercha sa flûte, sur la table, cette vieille flûte de bois, la confidente de ses tourments. Elle était trop longue pour entrer dans la cheminée ; il la démonta et jeta les deux pièces, ensemble, sur le foyer.

Cinq grandes minutes passèrent. Puis une lueur courut dans les ténèbres et la flûte s'enflamma, d'un seul coup. Toute la chambre en fut éclairée. Salavin regardait sans faire un mouvement. Le bois rougit, braisoya et, sous l'action de la chaleur, la flûte, avant de mourir, fit entendre un sifflement si doux et si désespéré que Salavin pleura.

Il était peut-être sept heures du soir quand Marguerite ouvrit la porte du logement. Elle fit trois ou quatre pas et, tout de suite, le cœur serré, cria : « Louis ! »

Une seconde fois et plus bas elle appela : « Louis ! » Alors une voix souffla : « Quoi ? Que veux-tu ? » Marguerite osait à peine remuer. Elle demanda, parlant plus bas encore, saisie par la contagion du silence : « Que fais-tu ? » La voix répondit : « Je suis assis. »

Marguerite enleva son chapeau et se précipita dans la chambre. Salavin était assis, en effet, les mains sur les genoux, le menton touchant la poitrine. On pouvait l'apercevoir à la clarté du ciel parisien. Le feu était mort, bien mort, cette fois. Et Salavin rêvait, assis sur une chaise.

— Depuis combien de temps es-tu là, Louis ?

— Je ne sais pas.

Marguerite se mit à genoux, saisit entre ses doigts les doigts glacés de son mari et demanda :

— Il y a quelque chose, Louis ?

— Rien, rien. Il n'y a rien.

Il se tut quelques secondes et reprit, d'une voix à peine perceptible :

— Je n'ai plus d'ami. Il m'a quitté. Il m'a dit adieu. C'est lui qui, le premier, a dit adieu.

— Hélas, que s'est-il passé ?

— Oh ! je l'ai offensé, offensé !

Marguerite sanglotait, le visage sur les genoux de l'homme. Salavin dit encore :

— Je l'ai offensé comme jamais personne n'a pu l'être. Je lui ai dit tout ce que je pensais.

XXVIII

Il était plus de quatre heures quand Edouard se retrouva dans son laboratoire. Il avait marché vite et s'épongeait le front d'un air préoccupé, regardant autour de lui toutes choses comme si elles lui eussent été étrangères et incompréhensibles.

La mémoire lui revint tout d'un coup. Il se précipita vers sa table de travail, ferma le robinet du gaz, saisit les ballons de verre avec une pince et les alla vider à tour de rôle sur l'évier en haussant les épaules. Trop tard ! L'expérience était manquée. Toute une semaine de travail perdue...

Il resta quelques minutes immobile et, de nouveau, s'épongea le front. Puis, paisiblement, il se remit à l'ouvrage, telle une araignée dont on a déchiré la toile.

Il pesa, mêla, calcula. Ses grosses mains dé-

vouées ne frémissaient pas. Quand tout fut en
bonne voie, il alluma sa pipe et s'assit, réglant
avec minutie la marche des appareils.

Vers sept heures, il éteignit les feux, promena
dans le laboratoire un regard vigilant et s'en fut.

Comme il était en retard, il prit une auto et
arriva boulevard de Port-Royal juste pour se
mettre à table.

Il mangea d'assez bon appétit. Peut-être
parla-t-il moins que d'habitude. Clémentine, à
deux ou trois reprises, le regarda d'une manière
attentive. Ce fut tout ce qu'il y eut de particulier
ce soir-là. Edouard se coucha de bonne heure et
s'endormit tout de suite. Vers minuit, Clémentine
lui poussa le coude et murmura : « Ne ronfle pas
si fort. » Edouard changea de côté, se rendormit,
ne ronfla plus.

Un peu avant l'aube, il eut un rêve, un rêve
sans importance et dont il ne devait garder aucun
souvenir, mais qui l'éveilla. Il ouvrit les yeux et
pensa : « J'ai quelque chose dans la poitrine qui
me gêne, qui me fait mal. Non ! ce n'est pas dans
la poitrine, c'est dans le ventre. Non ! c'est dans
le cou. Ah ! je ne sais pas. » Il laissa retomber
ses paupières. Sur le velours noir de la nuit, un
visage parut, un visage torturé de haine et de
tristesse. « Ah ! murmura-t-il, c'est donc vrai,
ça ! Est-ce possible ? » Il se tourna deux ou trois
fois dans son lit et fit, pour se rendormir, des
efforts qui achevèrent de l'éveiller. Il finit par

rester immobile, sur le dos. Et toujours, devant lui, ce même visage. Et toujours dans ses oreilles, des phrases : « Tu as fait de moi un ingrat... Tu as une façon d'être heureux qui est révoltante. » Il serra les poings. « Je ne veux plus penser à ça. » Il chercha quelque chose à se réciter par cœur, pour mater son esprit. Il ne trouva rien qu'une prière qu'on lui avait apprise en pension quand il était petit garçon. En désespoir de cause, il ressassa quelque temps cette prière vaine, puis compta jusqu'à cent, jusqu'à mille. Parfois, il s'interrompait. « Ah ! j'ai quelque chose qui me gêne. Mais où est-ce ? » Il toussa sourdement, cracha, se moucha. Non ! C'est dans les bras ! Non ! C'est dans les mains. »

Le jour parut, et ce fut un léger soulagement. Pourtant, chaque fois qu'Edouard fermait les yeux, même pour un clignement machinal, il apercevait le visage torturé, sur un voile de ténèbres pourpres.

Il fit sa toilette et se mit à table. Clémentine l'épiait, en le servant. Elle demanda :

— Qu'est-ce qu'il y a ?

Edouard posa sa tartine sur la nappe.

— ... Passe pas.

— Pourquoi ?

— J'ai mal au cœur.

— Au cœur ?

— Oui. Envie de vomir.

Il partit pour le laboratoire sans achever son

repas. Il travailla tout le jour avec application.
Parfois, il relevait la tête et saisissait sa crinière
à pleines mains. « C'est dans la gorge. Non !
C'est bien dans la poitrine. »

Il ne s'expliqua pas, le soir, pourquoi Clémentine avait fait un dîner fin. Tous ses mets préfé-
rés, et du linge frais, des fleurs sur la table. Il
voulut sourire. Il lui sembla qu'il faisait une
grimace. « Qu'est-ce qui se passe ? J'ai le visage
en bois. »

Il feignit l'appétit ; mais il mangeait avec une
difficulté visible. Clémentine fut prudente.

— Est-ce bon ?
— Très bon.
— Tu ne manges pas.
— J'ai mal au cœur.
— Toujours ! Tu es malade.
— Non !

Il laissa tomber sa fourchette et jeta sur les
choses excellentes qui encombraient la table un
regard de grande pitié. Puis il roula sa serviette
en boule et murmura :

— C'est fini. Nous sommes fâchés.

Clémentine ne fit pas un mouvement. Elle demanda, sans hésitation et avec beaucoup de
calme :

— Que t'a-t-il fait ?
— Je ne peux te dire. J'ai honte.

Il passa dans la pièce voisine pour y prendre
sa pipe.

Il revint, fuma, se mit à tourner autour de la table et articula encore une phrase :

— Il est à plaindre, et pas le seul coupable, je t'assure.

Il jetait à Clémentine un regard anxieux qui semblait dire : « Epargne-moi, toi qui as toujours raison. »

Elle l'épargna et fit mieux encore. En silence, sérieusement elle lui prit la tête à deux mains, le regarda en face pendant plus d'une minute et lui posa sur les joues deux baisers fraternels. Elle avait l'air de sceller un traité. « Va ! Je ne triompherai pas. C'est fini. Et maintenant, patience ! »

Edouard dormit d'une seule traite jusqu'au petit jour. Avant même que d'ouvrir les yeux, il eut envie de pousser un gémissement. « Qu'ai-je donc ? Est-ce dans l'estomac ? Est-ce dans les reins ? Oui, oui ! C'est une courbature. »

Pendant toute cette journée-là et les deux qui suivirent, Edouard chercha, mais en vain, à situer dans l'un ou l'autre de ses organes l'impression de gêne, de pesanteur croissante qu'il ressentait. Dès qu'il s'arrêtait de travailler, il avait aussitôt la conscience précise qu'une chose étrangère et encombrante s'était emparée de tout son être. Il se compta le pouls. « Soixante-douze. C'est normal. » Il se tira la langue, devant un miroir. « Elle est saine. Alors, quoi ? »

Il dormait lourdement, mais bien, somme toute, et sans rêves. Il mangeait peu, toujours cette

incompréhensible envie de vomir. Il pensait à
peine, et obstinément la même chose : « Je suis
habité. Je nourrirais un parasite volumineux et
vorace, que ce ne m'étonnerait pas. »

Sereine, presque sévère, Clémentine le sur-
veillait et l'environnait de soins. Le quatrième
jour, comme il s'apprêtait à se chausser, il laissa
retomber ses bottines avec découragement. Il bredouillait :

— Ça ne va pas. Non ! Ça ne va pas.

Clémentine le prit par le bras, le mit debout,
l'interrogea du regard. Il tâchait d'expliquer :

— Je ne sais où ça loge. C'est lourd, c'est gros !
Ça m'étouffe. Ça remue. Ça change de place.

Elle lui posa les mains sur le front et dit à voix
basse, du ton de quelqu'un qui invoque une ancienne expérience :

— Tu souffres. C'est tout .

Il fut stupéfait, mais éclairé. Ainsi donc, la
douleur, c'était cela ! Il ne l'aurait pas deviné.
Il n'avait jamais eu que des ennuis, des tracas,
de menus soucis. Il ne savait pas encore ce que
c'est que d'être malheureux. Il allait l'apprendre.

Bouche contre oreille, Clémentine murmura :

— Essaye de pleurer.

Il secoua la tête.

— Je ne sais pas.

Elle soupira, comme pour dire : « Tant pis !
Ce sera plus long. »

Il partit et, tout le long du chemin, fronçant

les sourcils, il triturait la même pensée : « Ça ne
peut pas durer comme cela. Il faut qu'on m'enlève ça. Il faut qu'on me débarrasse. Qu'on taille,
qu'on perce, qu'on brûle ; mais que ça parte ! »
Et il s'étonnait qu'il n'y eût pas de médecin pour
traiter ce genre de misère.

XXIX

Il apprit, le jour même, au cours d'un entretien avec MM. Vedel et Gayet, que Salavin avait signifié sa démission.

Il regagna son laboratoire et, tout d'un élan, écrivit une lettre brûlante d'émotion et presque de courroux : « C'est impossible ! Tu es fou ! Tu as agi sous le coup de cette querelle... Tu peux et tu dois reprendre ta démission, car, sache-le bien... »

La lettre resta sans réponse. Peu de temps après, Edouard apprit que le petit Pierre avait été retiré de la clinique et ramené rue du Pot-de-Fer. Il eut encore envie d'écrire. Il parvint à s'en empêcher.

Il sortait de la stupeur et commençait à établir des connexions précises entre son mal et les événements. Il explora sa douleur. Elle était ni simple ni bornée ; elle s'étalait comme un pays sans frontières, avec des cimes aiguës, des landes, des marais ; un pays qu'on ne peut embrasser d'un seul coup d'œil.

Il se mit à palper ses souvenirs, cherchant les points sensibles, délimitant les zones mortes. Il n'apportait à cet examen nulle passion maladive, mais ce franc et courageux désir de comprendre qu'il considérait comme une nécessité de sa profession.

Après avoir écrit à Salavin pour le prier de revenir sur sa décision, il attendit avec une réelle confiance. « Il va, songeait-il, me répondre, s'expliquer. Je ne veux pas qu'il s'excuse ; je veux qu'il exprime ses plaintes avec clarté. Tout cela est absurde, invraisemblable. Nous ne pouvons pas nous quitter ainsi : ce serait trop laid, trop bête ! » Secrètement, il espérait une réconciliation, une paix équitable.

Le silence de Salavin jeta Edouard dans la fureur. Sa souffrance s'envenima, perdit toute grâce. « Il n'a jamais eu pour moi la moindre affection. Il était prêt à me renier dès le premier regard. Qu'est-ce donc qu'un ami, hélas ? Un homme qui vous connaît assez bien pour vous mépriser et vous haïr. »

Tous les épisodes de cette liaison lui revenaient, à la file, déformés par la rancune ; il eût voulu s'injurier, se battre : « Où donc avais-je les yeux ? Où donc avais-je l'esprit ? Comment n'ai-je pas tout deviné, tout prévu ? » Les dé-

boires, les humiliations, les offenses, il les ressentait à nouveau, mais d'une façon plus lucide,
plus cruelle. « Ce jour qu'il m'a fermé la bouche
d'un sourire... Ce dépit quand je lui posais quelque question embarrassante... Et cette crise d'humeur parce que j'ébauchais un projet de voyage... Ah ! comme il m'a torturé ! Comme il m'a
diminué ! Comme il m'a gâté toute joie. »

Parfois un mot le harcelait, semblable à une
guêpe : « Il m'appelait gros homme. Il me disait
toujours que je mangeais trop, que je buvais
trop. Il me reprochait tout, même d'avoir de
grands pieds, de grandes mains. Il m'a cent fois
traité d'égoïste ! »

Ce dernier mot, surtout, exaspérait Edouard :
« Egoïste ! Oui, bien sûr. J'ai de la chance, j'ai
du courage. Je suis un égoïste. Je ne peux pourtant pas souhaiter que ma fille tombe malade,
que ma femme soit écrasée par un train, que la
paresse ou l'ivrognerie s'emparent de moi. Va-
t-on me reprocher mes moindres joies ? Et, si je
meurs d'une fluxion de poitrine, va-t-on trouver
que c'est trop beau ? Me faudra-t-il, pour apaiser
les colères, mourir d'une maladie ignoble, au
milieu de mes excréments ? »

Le ciel perdit toute suavité, la lumière toute
vertu. Un jour faux, affreux, défigura pour Edouard les aspects du monde. Pendant plusieurs
semaines, il fut malheureux d'une manière hideuse, sans rémission, sans issue. Il répétait :

« Egoïste ! Oui ! Je suis peut-être un égoïste. Mais lui ? Est-ce assez de dire lâche, de dire vil, de dire... » Il cherchait des invectives. Autant de poignards dont il était lui-même transpercé.

Il n'osait plus, fût-ce dans le secret de son cœur, prononcer le nom de Salavin. Il employait des pronoms, des images, des épithètes. Un curieux besoin d'amplification l'inclinait aux pluriels légendaires, et il disait : « Ils ne m'ont jamais compris... Que faire, avec eux ?... Je leur montrerai, plus tard... » Il étendit son ressentiment à des adversaires d'un jour, à des ennemis imaginaires, à toute l'humanité.

Il feuilletait son histoire d'un doigt rageur et, les plus belles pages, il les souillait de soupçon. « Oui, ce rendez-vous à la statue de Diderot, ce grand entretien sous la pluie... Ah ! Comme il s'est humilié pour qu'enfin je le relève et l'encense ! Quelle comédie ! Quelle sottise ! » Il lacérait, gâtait ses plus chers souvenirs. Sans doute espérait-il, par ces violences, ruiner le principe même de son tourment. Il en éprouva, tout au contraire, un tel surcroît d'amertume qu'il dut se résoudre à chercher l'allègement par d'autres voies.

Il se tourna vers ses anciens camarades, tous ceux qu'il avait jadis, en l'honneur de Salavin, dédaignés et trahis. C'était, lui semblait-il, un jeu très sûr : il retrouverait là, peut-être, un peu d'affection, braise sous la cendre, pour réchauf-

fer son âme transie ; ou, du moins, lui rendrait-
on mépris pour mépris, ce qui ne manquerait pas
d'assurer un dérivatif à sa rage.

Ce calcul fut déjoué. Edouard reparut au Petit-Passe-Temps. On l'y accueillit avec la plus
morne indifférence. Sautier n'y fréquentait plus,
emporté par sa chimère vers d'autres décors.
Vanderkelen serra la main d'Edouard tout comme s'il l'eût quitté la veille, après les quotidiennes parties de bridge ; et, tout de suite, il raconta
des bourdes. Moineau, Plissonneau et Petit-
Didier eurent, à vrai dire, une attitude assez
différente. Tous trois appartenaient à la maison
Vedel et Gayet, où Edouard avait, depuis peu,
pris figure de mandarin. Ils lui marquèrent donc
cette déférence hostile que l'ambition déçue réserve au triomphe d'autrui.

Edouard s'obstina et revint. La bonhomie de
Vanderkelen l'écœura. Il trouvait Petit-Didier
fielleux, Plissonneau hébété, Moineau désert.
D'autres visages s'étaient introduits dans le cer-
cle ; ils étaient sans relief et ne déparaient point
l'ensemble.

Edouard prit la fuite. « Je suis injuste et méchant. J'ai perdu l'équilibre. J'ai perdu ma place
dans le monde. J'ai sacrifié tous mes amis pour
un seul homme. A son tour, celui-là m'a sacrifié.
Je n'ai que ce que je mérite. »

Cette dernière idée, accablante en soi, lui procura du calme et il en vint à l'exploiter avec une

ombre passion. Il fut ainsi tout étonné de découvrir, dans le remords, moins une occasion de
supplice qu'une source de volupté.

Il en était à ce point quand il rencontra Oudin.
Chose étrange, ce fut Edouard qui engagea l'en-
retien. Oudin semblait pressé, peu soucieux
d'une nouvelle chicane. Edouard le retint, l'en-
reprit et, finalement, changea d'itinéraire pour
l'accompagner quelque temps. Oudin attachait
sur Edouard son regard pâle, corrosif, irritant à
force de froideur.

— Vous, dit-il soudain, vous n'avez pas de vice.
C'est affligeant.

— Moi ? répétait Edouard.

— Oui, vous. Tenez, vous ne fumez pas assez.
Edouard leva les bras.

— Fumer ? J'ai toujours la pipe aux dents.

— N'empêche ! Vous ne fumez pas assez. Le
tabac, voyez-vous, est donné à l'homme pour satisfaire son besoin de « sans cesse ». Vous ne
pouvez pas faire l'amour toute la sainte journée,
et c'est dommage. Vous ne pouvez pas dormir
vingt-quatre heures sur vingt-quatre, et c'est bien
regrettable. Mais vous pouvez, avec un peu de
bonne volonté, fumer sans arrêt. N'hésitez pas !

— Je ne vois pas très bien..., fit Edouard.

— Tant pis ! D'ailleurs, ça n'a pas d'importance.

A brûle-pourpoint, il ajouta :
— Et Salavin ?

Edouard attendait cette question. Peut-être même la souhaitait-il. Il baissa la tête et bredouilla :

— Je... nous... C'est fini.

— Quoi ? Fâchés ?

— Oui. Fâchés. Nous sommes fâchés.

— C'est désolant ! fit Oudin en éclatant de rire. Mais j'ai quand même envie de vous adresser mes plus sincères félicitations. Il n'est pas sain de persévérer dans le paradoxe. Vous avez donné la mesure d'une âme étonnante. Ça va bien. Ne jouez pas, par entêtement, une honorable réputation d'intelligence.

Oudin parla longtemps sur ce thème. Edouard goûtait une âcre joie à entendre cette langue cruelle développer un réquisitoire qu'il n'eût osé formuler lui-même. Peu à peu, il lui sembla que cette délection lui empoisonnait le cœur. Il fit, deux ou trois fois, un signe de la main pour arrêter le flux de bile. Il s'arrêta, enfin, jeta quelques mots d'adieu et tourna les talons.

Il n'avait pas fait dix pas qu'il se ravisa. Il courut derrière Oudin, le saisit par la manche de son pardessus et lui cria, d'une voix entrecoupée :

— Vous êtes un homme très intelligent ; mais vous êtes un salaud. Quant à Salavin, vous ne serez jamais digne de lui laver les pieds.

Et il s'éloigna sans se retourner, à grandes enjambées. Il se frottait les mains, jubilait. « Je lui ai collé ça dans le nez, dans le nez. »

Cette conversation marqua, pour Edouard, le
début d'une réelle détente. Il se mit à penser à
Salavin avec tempérance. L'idée que Salavin
souffrait autant et plus peut-être que lui-même,
cette idée ne le consolait certes pas, mais l'inclinait à la décence dans l'exposé de ses propres
griefs. Il disait : « Je l'ai donc blessé. Mais qu'il
m'explique en quoi j'ai pu le blesser. Je voudrais
réparer mes torts... je ne les comprends même
pas. »

Il répétait à mi-voix toutes les phrases de Salavin, ces phrases terribles qui ne cessaient de
grincer dans le silence, et il secouait la tête avec
consternation : « Voilà ce qu'il pense de moi !
Voilà l'image de moi qu'il porte en lui ! Et je
n'y peux rien. Il y a maintenant deux Edouard.
Un dans ma peau ; celui-ci, je le connais assez
et il me semble honnête et bon, malgré tout. Un
autre là-bas, dans le cœur de Salavin. Et celui-
là, est-ce donc vrai qu'il soit si odieux, si répu-
gnant ? »

Il réfléchissait tout le jour à ce dédoublement
de sa personne morale. Il faisait, pour comprendre l'autre Edouard, des efforts si ingénieux qu'à
certains moments il accordait à son fantôme
plus d'existence qu'à soi-même. Il gémissait :
« Je ne suis pas ce que je suis. Je suis tout ce
qu'il a pensé que j'étais. »

XXX

L'AVEUGLE qui s'accroupit sous les porches de la
rue Gay-Lussac et qui souffle avec son nez
dans une flûte de fer-blanc, le vieux vagabond
qui nettoie ses chaussures en les plaçant sous le
robinet de la fontaine publique, le fripier qui
chemine tristement entre les voitures et pousse
dans le tumulte, un appel que personne n'entend,
la prostituée qui rattache sa jarretelle, sous une
pluie fine, à minuit, le promeneur étrange qui
marche jusqu'à l'aube, de rue en rue, et n'ose
s'asseoir sur un banc parce qu'il n'a pas en poche
les cinq sous qui feraient de lui un citoyen libre,
tous ceux que la grande galère farouche semble
avoir renoncés et jetés par-dessus bord, Salavin
leur réservait un regard où il y avait moins de
commisération que d'envie.

« J'ai voulu m'élever ; je retombe : ma place
est en bas. On ne veut pas de moi entre les hom-

mes dignes de ce nom. Mon enfant est très malade, ma femme est malheureuse, ma mère
vieillit dans l'angoisse, mon seul ami m'a dit
adieu. Ah ! qu'ils m'abandonnent tous ! Et que
je me repose enfin dans la pire détresse, dans le
refuge inférieur, dans cet asile du lâche qui n'ose
pas mourir ! »

Il errait, dès le matin, par les rues de la rive
gauche. Parfois, il s'imaginait apercevoir, à l'horizon, la puissante silhouette d'Edouard. Il se
prenait à trembler et rebroussait chemin en toute
hâte.

Le soir, Marguerite lisait des contes de fées
pour endormir l'enfant malade. Salavin écoutait
sans entendre. Quand il se sentait ivre de mélancolie, ivre jusqu'à la nausée, il se levait et, sur
la pointe des pieds, gagnait sa chambre, où il
demeurait de longues heures, au milieu des ténèbres.

Marguerite venait enfin le rejoindre, une lampe aux doigts. Elle cousait fort avant dans la
nuit. Salavin la regardait longtemps sans mot
dire et, soudain, d'une voix rauque :

— Ne renifle pas comme ça, Marguerite !
Mouche-toi, je t'en supplie !

Marguerite se mouchait.

Elle dit, une fois, joignant ses mains rongées
de coups d'aiguille :

— Je t'aime, moi ! Cela ne te suffit donc pas ?

Il baissa les yeux sans répondre.

Une autre fois, comme il s'apprêtait à sortir, Marguerite lui tendit son chapeau et lui souffla :

— Sois bon : vas-y ! Je suis sûr qu'il t'attend.

Il remit son chapeau à la patère et s'assit.

— Je ne veux pas. Je lui ai fait trop de mal. Ce n'est pas à moi de risquer le premier pas.

Peut-être avait-il peur de lui-même : il n'osa sortir ce jour-là. Marguerite n'insista pas. Elle savait que, durant de longues saisons, il ne faudrait plus rien demander à cette âme tarie.

Quand Salavin sortait du silence, c'était pour accabler Marguerite : « Elle était la cause de tout. Elle avait, au nom de l'amour, corrompu, trahi l'amitié. Sa douceur était de l'obstination, sa tendresse du despotisme... »

Marguerite résistait longtemps. Quand, enfin, Salavin était parvenu à la faire pleurer, il se jetait sur elle, blême de frayeur, et lui baisait les mains, le visage, les genoux pour implorer miséricorde.

Pardonné, il quittait la place et s'en allait cuver son repentir au grand air. Il ne saluait plus personne et combinait de longs détours pour éviter un visage de connaissance.

Il fit pourtant une rencontre. Assis entre deux tas de meulière, au bord de la Seine, il suivait de l'œil, sur l'eau, l'ondulation de grandes taches de naphte aux reflets irisés, quand il sentit qu'on lui touchait l'épaule. Il eut un geste d'impatience et se retourna. C'était Lhuilier, l'homme de la brasserie, le marchand de coquillages. Il souriait d'un air timide et zézaya.

—Elle est jolie, maintenant ! Le pétrole, le cambouis, toutes leurs cochonneries ! Ah ! ce n'est plus comme de notre temps. Il paraît que tous les poissons vont crever, si ce n'est pas déjà fait.

Il baissa la voix et poursuivit :

— Je vous ai vu, dans un établissement de la rue Saint-Jacques, il y a quelques mois. Vous ne m'avez pas dit bonjour, peut-être à cause de votre ami.

Salavin serra les dents :

— Ce n'était pas mon ami. Je n'ai plus d'amis.

Il y eut un silence. Le bonhomme se rongeait les ongles.

— Qu'est-ce que vous faites ici ?

— Je me promène. Et vous ?

— Moi aussi. Vous ne travaillez donc pas ?

— Non.

— Moi, je ne vais dans les brasseries que le soir. Pendant la journée, j'ai un autre métier.

Salavin ne s'était pas levé. Il jouait avec de menus cailloux et regardait Lhuilier qui se balançait d'une jambe sur l'autre. Il demanda, plus doucement :

— Quel métier ?

— Oh ! Pas la peine d'en parler. Je suis déroqueur. C'est dans la zone, à Saint-Ouen. On défait les vieilles chaussures et on met de côté le cuir qui n'est pas trop roussi. Ils trouvent

moyen de refaire des chaussures neuves, avec.
C'est dur. Voyez mes mains.

Il avait, en effet, les mains noircies, limées,
dévorées de crevasses.

Salavin se leva et prit Lhuilier par le bras :

— Marchons un peu.

— Ah ! fit Lhuilier, ça me rappelle le jour que
vous êtes venu copier des bandes avec moi, rue
des Halles, à l'agence Barouin. Ah ! mon Dieu !
C'était le bon temps !

Salavin fut stupéfait : ce qu'il considérait
comme un souvenir lugubre pouvait donc, pour
ce pauvre homme, être un souvenir souriant. Il
demanda :

— N'allez-vous plus à l'agence Barouin ?

— Non ? Copier des bandes, c'est un métier
fichu, à cause de leurs machines à écrire.

— Voulez-vous, dit Salavin, voulez-vous accepter un petit café ?

— Oh ! de tout cœur ! répondit Lhuilier avec
empressement.

Ils allèrent dans un de ces bars de planches,
adossés aux baraques de l'octroi et où les débar-
deurs viennent boire.

Les coudes sur la table, Salavin écoutait le
bavardage plaintif de Lhuilier. Il contemplait le
pauvre hère avec un intérêt poignant, et, dans
son cœur, grandissait un indicible désir d'être
aussi cet homme si seul et si bas qu'il ne redoute
plus ni l'abandon ni la chute.

— J'ai été longtemps malade, expliquait Lhuilier.

— Je le savais.

— Qui vous l'a dit ?

— Personne. Je l'ai peut-être rêvé.

— Rêvé. C'est drôle. Je croyais que vous m'aviez oublié.

— Non, je pense à vous quelquefois.

— Vous pensez à moi, reprit Lhuilier. Oh ! je ne m'en doutais guère. Vous ne savez ce que ça me fait plaisir. Je croyais qu'il n'y avait personne pour penser à moi.

— Venez, dit Salavin en se levant. Sortons d'ici.

— On n'était pas mal, ici, hasarda Lhuilier.

Salavin ne l'écoutait plus. Il répéta, hochant la tête :

— Je pense à vous plus souvent que vous ne sauriez le croire.

Ils marchèrent ensemble près d'une heure, au bord de la Seine. Puis Salavin serra brusquement la main du bonhomme.

— Au revoir ! Excusez-moi : je dois faire une course.

— Je voudrais, dit Lhuilier avec hésitation, je voudrais vous demander quelque chose.

Salavin, du doigt, tâta son porte-monnaie dans sa poche.

— Voilà..., dit Lhuilier craintivement. Il ne faudrait pas que ça vous gêne. Mais si vous pouviez venir me voir, une fois de temps en temps. A

Saint-Ouen, tout de suite après la barrière, à
main droite. Vous me trouverez dans le terrain.
Je suis là tous les matins.

— J'irai, fit Salavin. Au revoir !

Il s'éloigna rapidement, sans tourner la tête,
et il murmurait entre ses dents : « Pas encore !
Pas encore ! »

Il rentra chez lui par le plus court chemin. Il
semblait animé, résolu.

Il s'enferma dans sa chambre, prit une grande
feuille de papier blanc et, tout de suite, écrivit
quelques mots qui devaient, depuis longtemps,
être préparés dans sa tête : « Ne me laisse pas
périr de tristesse, Edouard. Je suis en danger,
c'est cela, en danger... Viens. Je t'attendrai demain tout le jour. C'est à toi de venir, puisque
tous les torts sont de mon côté... »

Il rêva, trois heures durant, la plume en main
sans parvenir à former un mot de plus. Il fuma
plusieurs cigarettes, puis rangea soigneusement
la lettre entre deux feuilles de buvard.

Le lendemain était un dimanche. Salavin se
leva de bonne heure et aida Marguerite à faire
le ménage. Il semblait calme, presque gai. Vers
neuf heures, la vieille dame Salavin, qui était
dans la cuisine avec sa belle-fille, mit un doigt
sur ses lèvres.

— Ecoutez, Marguerite !

— Le petit appelle ?

— Non. C'est Louis. Je crois qu'il chante.

Les deux femmes se tenaient par la main, elles écoutaient la bouche ouverte, le cœur étreint d'une espérance toute pareille à la frayeur.

Salavin fredonna jusque vers dix heures. Puis il commença de s'agiter et parcourut à grands pas le petit logement. L'après-midi fut silencieuse, orageuse. A tout instant, Salavin s'allait poster dans l'entrée, épiant les rumeurs de la maison. Il dîna tôt et devint tout à fait sombre vers le soir. Il ne lisait pas. Visiblement, il attendait.

A huit heures et demie, il quitta le canapé sur lequel il était étendu, courut dans l'entrée et entr'ouvrit la porte du palier.

— Qu'y a-t-il ? demanda Marguerite.

— Rien, répondit Salavin. Rien... Quelqu'un monte.

L'oreille tendue, il resta là plusieurs minutes. On entendait, en effet, un bruit de pas dans l'escalier. Le bruit, qui s'était d'abord rapproché, s'éloigna, s'éteignit.

Salavin referma la porte, le visage crispé.

— Rien ! Rien ! C'est quelqu'un qui s'en va.

Il passa dans sa chambre et s'étendit de nouveau sur le canapé.

Mme Salavin et Marguerite cousaient, dans la salle à manger. A minuit, n'entendant plus de bruit dans la chambre, elle prirent la lampe et, sur la pointe des pieds, allèrent voir ce que faisait Salavin.

Il dormait, les poings serrés, et deux longues larmes brillaient sur ses joues, entre les poils de sa barbe.

XXXI

Edouard respirait profondément et songeait : « C'est bon, c'est frais. Ça ne fortifie que la carcasse. N'y a-t-il rien pour laver le cœur ? »

Il vivait caché dans sa besogne comme au plus épais d'un taillis. Il disait : « Moi, je suis là : je calcine cette poudre dans une capsule de platine et compte des minutes avec mon chronomètre. Voilà pour moi. Mais l'autre, l'autre Edouard ? Que dit-il ? Comment se porte-t-il ? Qu'en a-t-on fait ? Est-ce que je le reconnaîtrais si je le rencontrais dans la rue ? Est-il possible qu'il me ressemble ? Est-il possible qu'il ait mon visage, là-bas, aux yeux de Louis ? »

Parfois, lorsque Clémentine le regardait un peu trop fixement, il rougissait, se troublait, essayait un sourire et disait avec confusion :

— Que veux-tu ? Chacun prend sa misère où il la trouve. Ça passera.

Ça ne passait pas. Chaque matin, au réveil,
Edouard se prenait la poitrine à deux mains :
« C'est toujours là. Ça devient chronique. Pas
moyen de déloger le parasite. Et j'en ai peut-être
pour jusqu'à la fin de mes jours. Allons ! »

Il s'habillait à toute allure, mangeait sur le
pouce, descendait les escaliers quatre à quatre.
« Je le sens moins quand je me dépêche. » En
fait, le démon, qu'il avait gagné de vitesse, finis-
sait toujours par le rattraper. Vaincu, l'homme
tendait le flanc : « Mords ! Mange ! Emporte le
morceau et je te dirai merci. »

Un dimanche, il fit la grasse matinée sans trop
de répugnance, puis revêtit un pyjama et se
carra dans un fauteuil, au coin du feu. Clémentine sortait pour toute la journée, avec la petite
fille. Il les laissa partir.

— Je vais lire, me reposer. Je suis bien. Amu-
sez-vous.

Seul, il soupira d'aise et vagua de pièce en
pièce. Une pensée l'obsédait qu'il jugeait absurde, mais qu'il ne pouvait s'empêcher d'accueillir
et de flatter. « On va sonner tout à l'heure. J'irai
ouvrir. Je lui dirai : Tu es un peu en retard.
Nous nous embrasserons comme le jour où l'on
m'a nommé directeur technique. Et ce sera fini.
Ce soir, nous serons heureux. » Il essayait de se
représenter la scène et en réglait jusqu'aux moindres détails ; mais il ne parvenait pas à imaginer
le bonheur autrement qu'avec des mots.

Il attendit jusque vers huit heures du soir.
Une journée exaspérante et qui rouvrit toutes
les blessures. A huit heures, il s'habilla et sortit :
« Puisqu'il ne vient pas, eh bien, j'irai ! »

Il lui semblait accomplir l'action du monde la
plus simple et, jusqu'à la rue du Pot-de-Fer, les
choses allèrent assez bien. En s'engageant dans
le couloir de la maison, il fut soudain saisi d'une
telle faiblesse qu'il s'arrêta, tâtant les murs. Le
visage, le mauvais visage du Salavin de la dernière rencontre, était maintenant devant ses
yeux et l'empêchait d'avancer. A force d'énergie,
il monta jusqu'au deuxième étage et il allait
poursuivre quand il entendit une porte s'ouvrir
dans le haut de la maison. Il s'arrêta, le cœur
défaillant. Il lui semblait percevoir, à quelques
mètres au-dessus de lui, le bruit d'une respiration. Alors, il n'eut plus de courage. Il descendit
l'escalier en rasant les murs et, dès qu'il fut dans
la rue, il prit la course.

Il galopa jusqu'au jardin des Plantes, parcourut la rue Buffon, tout d'une haleine, et, sur
le quai, avisant un tramway, sauta dedans.

Le tramway cahota longtemps sur des quais
déserts, puis au long d'avenues ténébreuses, enfin dans la campagne.

Il était environ dix heures du soir quand E-
douard fut invité à descendre : le tramway n'allait pas plus loin.

— Où sommes-nous ? demanda-t-il au receveur.

— A Créteil, parbleu.

Edouard se trouvait sur une place de village. Dans l'ombre, une église trapue méditait. Une brume glaciale assiégeait les réverbères épuisés. Edouard eut froid.

— Quand y a-t-il une voiture pour Paris ?

L'employé le regarda curieusement :

— Nous repartons dans vingt minutes, si le cœur vous en dit.

A l'aisselle des routes, veillait un petit café sans clients. Edouard s'y fit servir un grog, puis il regagna le tramway et alluma sa pipe. Il s'aperçut bientôt qu'il avait quitté Créteil, car le receveur vint lui réclamer de l'argent. Edouard donna quelques sous et tendit la main pour recevoir son billet.

— Attendez, dit l'employé. Une seconde, et je vous apporte votre billet.

Il courut à l'avant du tramway et s'entretint, pendant quatre ou cinq minutes, avec le machiniste.

La grande voiture était presque vide. Deux ou trois maraîchers somnolaient sur les banquettes, dans le compartiment d'arrière. Edouard sortit de sa rêverie : « Et mon billet ? » A ce moment le receveur passa rapidement devant lui, fit un léger signe de tête comme pour dire : « Patience ! » et s'en fut converser avec les maraîchers. A la station suivante, une matrone monta, chargée de paniers ; elle s'établit dans une encoignure, paya et se mit tout de suite à ronfler.

Sorti de la torpeur, Edouard considérait avec attention l'employé du tramway. C'était un tout jeune homme, un rouquin de taille médiocre, au visage décharné, semé de taches de son. Il avait le col enveloppé d'un gros cache-nez et toussait fréquemment.

Le tramway filait le long d'une avenue noire. Tous les voyageurs, sauf Edouard, s'étaient assoupis. Le receveur vint s'installer sur la plate-forme, tira de sa poche un petit calepin et, crayon en main, parut s'absorber dans les calculs.

« Est-ce volontairement ou non qu'il oublie de me donner mon billet ? » se demandait Edouard. Il eut envie de réclamer mais s'en abstint. Le développement de cette infime aventure éveillait au fond de son cœur une angoisse si large et si trouble qu'il frémit.

Le rouquin replaçait le calepin dans sa poche. Force lui fut de voir Edouard dont le regard soutenu devait l'incommoder. Il fit un sourire engageant.

— Peu de monde. Nous allons prendre de l'avance.

Edouard pensa : « Il a oublié ce billet, tout bonnement. » Mais, comme il considérait le jeune homme avec une curiosité croissante, celui-ci s'approcha et soupira, baissant les yeux :

— Dur métier, Monsieur, surtout par ces nuits humides.

« Il sait ! Il sait ! pensa soudain Edouard. Il
sait qu'il est en train de voler. Et quel vol misérable ! Quinze sous. Il est jeune. Comme il doit
être troublé, hésitant, malheureux ! »

Le tramway approchait de Paris. Des voyageurs montèrent. Le receveur alla de l'un à l'autre. Il jetait parfois en passant, vers Edouard,
un regard qui voulait être indifférent et qu'E-
douard jugeait inquiet ou narquois. Avec un
geste circulaire, l'employé cria : « Tout le monde a son billet ? » Edouard fut sur le point de
répondre : « Non. » Il n'en fit rien. Il cheminait
péniblement parmi ses pensées : « Il sait, mais il
n'est pas sûr de savoir. Il veut, mais il compte
sur les événements pour le pousser. L'heure est
tardive ; il ne redoute plus le contrôle. Il est seul
avec son âme et moi, qu'il croit dupe. »

Après la barrière, le tramway roula moins vite
et prit beaucoup de monde. Le receveur, affairé,
ne faisait aucune attention à Edouard. Mais
quand, au pont d'Austerlitz, Edouard descendit,
les deux hommes échangèrent un regard aigu,
furtif, qui acheva de brouiller les choses.

« Est-il soulagé de me voir partir ? Est-ce seulement le coup d'œil du berger qui compte ses
brebis ? Impossible à démêler. »

Edouard fit quelques pas et son incertitude
cessa. « Cet homme est un voleur et je suis son
complice. Cet homme est un voleur, mais il ne
veut pas le savoir. Peut-être même l'ignore-t-il

sincèrement. Il n'est un voleur que dans mon cœur. »

En atteignant le boulevard Saint-Marcel, majestueux à force d'ombre et de silence, Edouard dit à voix haute : « Je ne suis ni meilleur, ni plus sage, ni plus intelligent que ce misérable. Je ne suis pas ce que je suis, je ne fais pas ce que je fais, je ne veux pas ce que je veux, et j'exige quand même l'amour, l'admiration et la gratitude des hommes. »

XXXII

Un mois plus tard, Edouard apprit la mort du petit Pierre. Il écrivit à Salavin une lettre qui ne demandait nulle réponse et qui n'en reçut point.

Le temps de la colère était passé. Edouard ressentait une douleur pure de toute fange. Le fardeau n'était pas moins lourd, mais Edouard le portait avec soumission.

« J'aimais cet enfant, pensa-t-il. Je n'ai pu ni le voir, ni le choyer, ni l'assister ; je ne pourrai le plaindre et le pleurer qu'en secret. Sans doute ai-je aussi mérité cela. Ah ! Louis ! j'honorais ta mère et ta femme ; je leur avais fait large place dans mon cœur. Je les ai perdues avec toi. Me voici dessaisi de tout toi. Et c'est ainsi : nous autres hommes, nous entraînons nos alliés dans nos aventures. Nous leur ordonnons d'aimer qui nous aime et, quand notre élan s'épuise, nous disons : Retombez aussi. »

Il imagina la détresse de Salavin et s'efforça de ne plus penser à soi. Mais les deux âmes étaient encore trop fortement unies : elles comparaissaient enchaînées.

« Si je mourais aujourd'hui, l'autre Edouard

survivrait seul, tout chargé de mes erreurs. Que le ciel me prête vie, car je veux qu'un jour futur les deux Edouard se ressemblent. Je ne reverrai plus Salavin. Soit ! Je ne reverrai plus mon fantôme. Mais je saurai me châtier avec tant d'ardeur que le fantôme, au fond de son exil, éprouvera la cravache et pliera les genoux. Ce jour-là, il y aura peut-être quelque chose de nouveau sur la terre.

« Nous sommes deux hommes intelligents, généreux, malgré tout, et bons dans notre faiblesse. Nous souhaitons que la concorde et l'harmonie régissent toutes les actions des peuples ; et, pourtant, nous n'avons pu mettre à l'unisson nos deux voix.

« Eh bien, c'est à recommencer !

« Je recommencerai ! Etre toute franchise, toute loyauté, toute droiture, voilà mon grand, mon unique désir. Et je veux croire que ce désir de pureté n'est pas la seule pureté des hommes.

« Je recommencerai ! Que le hasard m'en offre la chance ! Mais j'ai grand besoin d'une trêve, car je suis las et meurtri.

« J'ai pardonné toutes les injures : celles que l'on m'a faites, et surtout, celles que j'ai faites. Qu'on me laisse dormir jusqu'au printemps. Qu'on me laisse, jusqu'à l'appel de la raison radieuse, étreindre en paix cette douleur dont je ne suis pas encore rassasié. »

FIN

IMPRIMÉ

SUR LES PRESSES

DE LA S. F. I. L.

ET IMP. MARC TEXIER

RÉUNIES

À POITIERS

POUR LE COMPTE

DU MERCVRE DE FRANCE

MERCVRE

DE

FRANCE

Reparaît le 1er de chaque mois

FONDATEUR : ALFRED VALLETTE

Le *Mercure de France*, fondé en 1890, est à la fois une revue de lecture comme toutes les revues et une revue documentaire d'actualité. Chacune des livraisons se divise en deux parties. On lit dans la première des articles ou des études d'histoire littéraire, d'art, de musique, de philosophie, de science, d'économie politique et sociale, des poèmes, des contes, nouvelles et romans. La seconde partie est occupée par la Revue du Mois, domaine de l'actualité, qui expose, renseigne, rend compte et critique, attentive à tout ce qui se passe à l'étranger aussi bien qu'en France et à laquelle n'échappe aucun événement de quelque portée.

Le *Mercure de France* paraît au début de chaque mois.

Le prix de l'abonnement est fixé à 660 fr. pour un an et 345 fr. pour six mois (France et Union Française) ; à 770 fr. pour un an et 446 fr. pour six mois (étranger, plein tarif postal) ; à 710 fr. pour un an et 370 fr. pour six mois (étranger, demi-tarif postal).

C. C. Postal Paris 259.31

26, rue de Condé, Paris-6e